时光短笺

陈红华 著

海峡出版发行集团 THE STRAITS PUBLISHING & DISTRIBUTING GROUP | 海峡文艺出版社 Haixia Literature & Art Publishing House

图书在版编目(CIP)数据

时光短笺 / 陈红华著. -- 福州：海峡文艺出版社，2020.6
（2023.7重印）

ISBN 978-7-5550-2277-0

Ⅰ. ①时… Ⅱ. ①陈… Ⅲ. ①散文集－中国－当代
Ⅳ. ①I267

中国版本图书馆 CIP 数据核字(2020)第 099725 号

时光短笺

陈红华　著

责任编辑　林　颖

出版发行　海峡文艺出版社

经　　销　福建新华发行（集团）有限责任公司

社　　址　福州市东水路 76 号 14 层　　**邮编**　350001

发 行 部　0591—87536797

印　　刷　成都兴怡包装装潢有限公司　**邮编**　610000

厂　　址　成都市金牛区西华街道付家碾村 6 级 152 号

开　　本　880 毫米×1230 毫米　1/32

字　　数　221 千字

印　　张　9

版　　次　2020 年 6 月第 1 版

印　　次　2023 年 7 月第 2 次印刷

书　　号　ISBN 978-7-5550-2277-0

定　　价　42.00 元

语文组的日子（代序）

陆春祥

一

在我已经工作的三十六年时间里，语文组竟然占了五分之一，人生的黄金时光有几个五分之一？一分，二分，三分，四分，五分一下就没了。

我的语文组在毕浦中学，面向教学大楼走去，一楼右边的一个大直通间就是。毕浦中学语文教师陈红华，将他的《时光短笺》书稿交给我的时候，我脑子出现的第一个场景就是语文组。

我曾经在《永远的修辞》和《圆通路 5 号》等文中，一再写到毕浦中学，那里是我的启航地，有太多的初始记忆如烙铁般印在脑子里。但这个语文组，至今尘封着，现在我试着打开一点。

毕浦中学只有十二个班，从初一到高三，都是平行班，如果我没记错的话，我进语文组的时候，语文组有七位老师，初中组四位：老教师乔国根，我们称他乔老爷，那时喜剧《乔老爷上轿》解封很红，比我先来两年的陈金国和刘根美，还有一位林碧清，他是学校党支部书记，兼着一个班的课；高中组三位：老教师汪秋泉，李建华和我。印象中的语文组，老师们大多来去匆匆，大家碰头交流的时间并不多，我上第一二两节，他上第三四两节，备课和批改作业大多在宿舍，互不搭界还有一个重要原因，就是平行班，每人教的课都不一样，几乎无法讨论。

老教师有多年的套路，我新老师，只有自己摸索，不说黑暗里摸，但和盲人摸象也差不了多少，因为发下来的只有一册课文和一本教参，还有就是我在硖石中学两个月的教学实习经验，真是可怜了那些学生。好在，自己对职业还有点热情，面对渴求而纯真的目光，不敢懈怠，尽量多研究教材，再琢磨方法，陆稼祥老师也常和我通信，要我将学到的语法修辞用于教学实践上，陆地同学小学四五六年级写周记，就是我那时用的方法，陆地上杭二中时，我问他语文老师有什么新招，他说有一分钟演讲，写周记，我说，二十年前，我在毕浦中学就这么用了。有时，我也会拎着自己新买的录音机，给学生听席慕蓉的诗，听播音员朗诵古文，给他们讲贝多芬、德彪西、柴可夫斯基，甚至放拉德茨基进行曲，我喜欢那种快乐洋溢的节奏。

过了两年，陈金国调回杭州，林碧清调走，来了王域明、程黎明，还有江子龙，我临调离前一年，来了詹敏，他是本校高中毕业又分配回来的。1991 年 8 月，我调宣传部，至此，语文组的日子结束。乔老爷退休后，住杭州女儿家，房子就在我们《杭州日报》社附近，他有时会摸到我办公室坐坐，精神得很，每天去黄龙洞爬山，王域明、詹敏后来从政，官都做得顺畅，刘根美、李建华偶尔见过两次，汪秋泉老师一直没见过，记忆中，这位上海师大的老毕业生，中等个，浑身整洁，小背头，玳瑁眼镜，整天笑眯眯的。至于那个江子龙，几乎没有印象，后来结识了著名作家蒋子龙，才想起，以前在语文组，也有一个曾经叫子龙的同事。现在想起来，语文组真是一个特别安静的地方，几乎没什么故事，脑子里还想得起来的一次聊天，主题好像是夫妻吵架的处理方法，乔老爷说，他吵了架常常生闷气，然后跑出去清静一下，过几天再自己找个台阶下。

我书房里有四个版本的《辞海》（缩印本），1986 年买的扉页上我这样写着：生命的全部意义，在于创造有价值的东西留给社会。在语文组的日子，阅读和研究成了我课余最重要的事情，虽然没有惊世之作，但《语文开眼界》《中国语文系列表》（和钟礼平合作）两本语文专著，还有在《语文学习》《阅读与写作》《学语文》《中文自修》等杂志上发表的一系列论文，都是在语文组开出的花朵。

二

上面的回忆似乎应该出现在另外的文章中，但我仍然情不自禁地写下了，请红华兄和读者谅解，作为《时光短笺》的序言，我必须回归正题了。

依然是在语文组，不过，接下来应该是陈红华在语文组的日子里了。

红华老杭大中文系毕业，底子厚却扎实，我是从他的文字里感觉到的。

红华和我当初的状况估计差不了多少，每天都有课要上，有作业要批，有作文要改，一堆杂事，不，作为语文老师，应该是正事，向学生传授中国语言文字的规律和妙处，这是正常的授业，还有传道解惑，传信念之道，解人生之惑。我不知道语文组是不是还在老地方，如果是老地方，窗外就是一片山地，好像有茶叶和杂树生长，冬季，藤枯枝萎，有时，正批着作业，窗外草窝子里，突然钻出一只或数只野山鸡，扑扑扑，大叫几声，一下子就被吸引了，于是大家不再专心批改，难得闲聊一下。后来我想，中国美术学院当初选择此地作为和工农民结合的教学点，似乎也有些道理，风景就在人迹罕至的地方。

不过，红华比我当初在语文组一定要幸运得多，几十年来，科技的先进，也使得语文教学生动活泼了不少，可借可读之书数百上千倍增加，这一切，客观上都让语文老师这个职业比以往任何时候都有趣扎实。然而，现实并不如意，其中一大问题，和以往依然类似，那就是语文老师下水作文的能力较弱。不客气地说，许多语文老师，并不会写文章，即便有高级职称，因此，红华这本文集的推出，对他个人，是才能的充分发挥，对他学生而言，也是一种幸运。我相信，积累了丰富写作实践经验以后，红华在以后的语文教学特别是作文教学中，一定会有颠覆性的改变，因为他真正尝到了梨子的滋味，这种改变，不可估量。

三

《时光短笺》，全书内外，从书名到篇目，都显示着一种简洁和干练。

“我的家”里充满“年的味”，这是什么味？这是人人向往的味道，文章的烟火味，因接地气而来，这个家中，爹和娘永远是牵挂，即便老爹坐在你面前，默默地喝着自己的酒，你也默默地喝着自己的酒，偶尔相互眼瞟一下，那都是一种舒心和满足，人生有此足矣。灶台上大铁锅中的油盐锅巴，家门口菜园子里的萝卜青菜，赤豆汤，石斑鱼，炒年糕，青笋宴，每当念此种种，红华的心，一定会从语文组的窗户外飘出，跑得远远的，然后回望，那些亲情文字，便如垂云通天河山顶上的清泉一样，一路淙淙地欢跃而来。

“树的叶”微动，“夜的眼”渐深，“风的尘”偏远，语文组里，语文组外，红华都在用心观察，细心揣摩，他似乎要将每一片树叶揽入怀，将每一颗星辰的影子摘下收藏。

读完这些篇章，我试拟一个场景：一位少年，在石榴树下伫立，石榴花开的时候，他来过，石榴挂满枝头的时候，他又来了，他轻轻地依着树，抬望眼，天空有飞鸟掠过，他在心里百遍千遍地问自己，也问蓝天上的飞鸟，知否知否，我的心事你知否？也许，天上的飞鸟被少年的思考吓跑了，也许，树上的石榴也在咧嘴嘲笑他，不过，少年毫不在意，因为就在这样的羞涩中，在对大地和星空的思索中，在走南闯北的行游中，少年慢慢成长成熟，他喜欢独处，他有自己的人生标杆，他也有自己的坚持，他知道如何实现人生的突围，终于，在一个春华秋实的季节，他收获了《时光短笺》，满满一篮子，鲜活而灵动，馥郁芬芳。

四

语文组是美好而充实的，我怀念在毕浦中学语文组的日子。我希望，《时光短笺》只是红华在语文组的一个良好开端，只有恒久的晴耕雨读，上下求索，才会有不断收获短笺长章的可能。当然，还要用更多的文学想象，去点燃未来的万家灯火。

是为序。

庚子正月初五
杭州问为斋

（作者系浙江省作协副主席、鲁迅文学奖得主）

目 录
CONTENTS

第一卷　家的事

第二卷　树的叶

第三卷　年的味

第四卷　夜的眼

第一卷　家的事

亲情，融入血液，沉淀在绵绵的时光里。村庄乡野，一份闲不下来的手艺，泥里的土豆，琐碎的日常，在细腻的笔触间呢喃私语。连逝去亲人的声色影像，也在泪目中活了过来，直抵人心。

父　亲

村庄深处，桑草青黄，席卷乡野；雾霭尽褪，已无风吹稻浪。

呡完小酒，父亲说，我们这里晒太阳好，就搬条竹椅，搁起脚，顾自在墙根眯起来。母亲拨弄着竹编上的豆子，朝我们说，今年晒了二百多斤；又捧出新炒的香瓜子，与我们嗑起来。

恍惚间，父亲背着锄头，母亲拎着竹篮，一前一后，正朝着溪边菜地走去。

1

父亲是个老篾匠，吃百家饭，乡里村落小有名气。

农家的家伙什，挑稻谷、打年糕、盛玉米的箩筐，烘尿片、晾衣物的背篓，搬泥砖、造土房拎挑的大小簸箕，养蚕的团编，夏天躺的篾床、睡的篾席，父亲都能做。

那个年代，土地是命根子，出工记工分。父亲个小，在田里起早摸黑，也挣不了几个，图个温饱都不易。阿爷觉得没出路，就叫父亲学手艺。父亲人小鬼精，又特别能吃苦，是众多徒弟里最成器的一个。

这里每户养蚕，父亲做团编最牛。搭个木架，搁七八层，不占地，转着用。一般自家采来毛竹，师傅上门做；也有来预定的。父亲因此活儿忒忙。上工的日子赶紧，夜里来家也不歇气，仿佛浑身有使不完的劲。

昏黄的灯火下，天蒙蒙亮了，父亲手里的篾刀，一直舍不得停。几十年来，蚕茧价格稳中有升，父亲手头的活儿也从未断过。多少个除夕夜，他都是边看着春晚，边干着活儿，等着新年的到来。

后来小镇制笔业兴起，套笔的多，竹凳子又火了。靠背的、平坐的，高的、矮的，长的、短的，一订，就是几十上百条。

做竹凳是硬活，费手费劲；又是技术活，拐口慢烧，插钉削竹，刻字也极讲究。父亲扳的竹椅，硬度好，用的时间久，口碑就传开了，订单排队。

父亲的手艺极好，他又会钻，各色竹类活都应付得了。譬如，父亲常说，篾席最费工夫，又最见功夫。手脚多，且活儿细。光是披篾，从一根毛竹，到竹丝片，就得经多道手续。父亲熟门熟路，挺在行。将浸水后的竹丝咬住，用小口径篾刀轻轻切开细口，拉长，再拉长，如此，收放自如。极细的竹条从水盆里湿浸而过，细腻柔顺。一张上好的篾席，经年不破，光泽愈发黑亮，且清凉滑润。

荒不了的手艺，管得了生计。那个年代，我和哥哥外出求学，食堂打菜吃，与老师一般的待遇。每月五元的伙食，足够两个小鬼开支了。人们印象中的霉干菜，我们都不曾多吃，这都得感谢我的父亲。而他至今歇不下来，七十几的人了，“做生活”还是一把好手。

2

回老家后，吃百家饭的日子渐次淡去，父亲回归农事。好在本事还在，什么都不陌生，种些冬瓜、茄子、紫干豆、辣椒、青菜、萝卜菜、芋艿什么的。什么季节，种点什么。父亲说，他喜欢田间地头，季节所带来的那种喜悦感。

那一日，屋前小菜园，父亲领着我，拨开瓜藤。一个大冬瓜，埋在藤蔓大叶之下，五十来斤的青白皮，模样也周正。父亲嘿嘿笑了，招呼我过去捧；又拨开瓜叶，一个大的，躲在高坎边，硬生生地吊着。原来父亲早有伏笔，日日浇灌，见长，直待有些“好看看”了，才“真人露相”。第三个躺在密密的叶面下，迫近了才见真面呢，毛茸茸的，抱起来，更有分量。

“田里还有一百多个呢！”父亲得意地说，“你妈还讲我种不起来，你们看看。等下我再带你们去田里，看看我新种的紫干豆，用了几百根的竹竿。”

我们快步跟着父亲，向着他幸福的自留地走去。

田间菜地里，五六排整齐的竹竿，一直伸向远处。一人多高的竿子上，挂着花辫子般的紫干豆，近千株，在雨中青光光、紫油油的，饱满的样子令人欢喜。

我们不由自主地下到泥沟地，顾不得鞋了。抬手摘，几下子一大把。

“卖掉了不少，”父亲说，“两千多块了。”

父亲其实真不闲着。这个季节，中饭后，他就与母亲下田摘菜，几个小时就在田里劳作。我们就搭把手，摘着开心，捆几把放进竹篮里，又搬上车，也不觉得怎样。原来，置身事外的劳作，往往显得轻松；干得长了久了，哪里受得了。

我的父亲母亲，每次三轮车拖回家，一把一把的捆好，往往干得腰酸背疼，倒床就睡。子夜一两点，又去镇上菜场，吆喝个好价钱。

“起早蛮好噶，”父亲呡口酒，轻描淡写地说，“起来，洗把脸，人蛮清爽。菜场人多，十二点，就有人了，热闹。称斤，算账，找零，一下子。昨天，七十来把紫干豆，价格抛低点，几十分钟抬掉了。去吃碗面，哒哒哒，回来困觉，蛮味道的。”

父亲好似小说家，一点细节都不落下。你听了，都会觉得这小老头，活得挺滋润。至少在他的小世界里，并不寂寞。

3

父亲坐在小竹凳上，翻出破旧的学生作业本，里面是一大摞发票。水泥、石子、细沙，各个过磅的吨数、价格，一一记在上面。

村子里，父亲算得上是个活络的人。得空，父亲很乐意接些活儿。工程管事，记账，或是扎围栏、竹篱笆这类的临工。一百五十块一天，有时还会多点，他都满意。篾匠的活也接，歇不下来。

“来，帮我算算。”他戴了个老花镜，一改先前的疲惫，慢慢理出一色的票，递给我。上次没有算完的，新近的，统统夹着。我来了，他好似找到了救星。

此刻母亲正张罗着饭菜，熟悉的猪油锅巴、清水毛豆、青辣椒煸毛豆、蒸黄瓜笋干、青炒茄子，色香味没得说。农家最讲究一顿饭，子女归来，锅灶文章，马虎不得。

“好吃了，凑热。”母亲又拎了几瓶啤酒。

“算好吃饭。”父亲坚持。用手机加数，挺省事的。分类记账，清晰一表，父亲呵呵着，合好作业本，很满意地坐到“上梁头”，倒上酒，开喝。

父亲喜欢吃点酒，一日两餐，雷打不动。半来斤的量，扣得蛮牢，从没有吃醉的日子。他喜欢热闹，人一多，来劲了，三两下去嫌少，我爹还未出老。他常说，“吃饭当休息”，说的其实是吃酒。不吃，做什么都没心思，也没劲。吃的酒，也是自家酿的。高粱，小米，大麦，苦荞麦，糯谷，农家五粮液，口感好，舒经通骨，过瘾。

4

屋前那棵杨梅树，临着水池，三米来高，青枝叶茂，筋骨了得。真带劲啊，红的、深红的，有几十来颗，或者更多。它还摆谱呢，躲在湿湿的枝叶间，还愣够不着，得绕个远，搭上栅栏，伸出手去。酸，或是甜，都蛮好吃。

三年前父亲种下，说是遮个荫，这些天，父亲就看看，没舍得去碰。小菜园里，一排黄瓜藤蔓，冒上了竹栅尖。几棵青皮的西红柿树，七八株开苞的百合，满地的苋菜，透出农家的拙朴自然。

微雨中，炊烟与青色雾气，缠绕在房后的竹林上空，蒿草的气息，乡野的味道四处弥漫。

屋前那堆柴火，看得出，是新劈的。母亲说：“要烧的，两个人弄了一星期，吃力了。”“几天工夫，是真弄累了，怕了。”父亲在一旁呵呵，半杯白酒下去，气色还挺好。

“不是还念叨你回来劈吗?”母亲说的是实话，但父亲闲不下来。念想是一回事，还是自己一斧头一斧头地劈了，齐整地堆在房檐下。也好，有媳妇的夸奖也高兴了。

一路送。临了，母亲和媳妇下到田间菜地，挑点菜蔬回去。我和父亲站在田埂上，父亲说了半天，大抵是家里的田地之类的话，上后岩的几十亩板栗林，田贩里的八分地，下后岩的老菜园……

突然觉得，父亲老了。

阿　哥

清明荫翳的午后，苦命的人，又一次把我引向山顶。走过幽僻的山冈，手捧一大束白菊，我就站着发呆，把这座山背着的孤单与沮丧，再次拖在身后。

“去过了么?”这个日子，母亲常会问。说着说着，电话那头又哭了。那是一道无法过去的坎，老人内心的隐隐作痛与缠绕的念想从未停止过。而你，躲在林间已沉寂了十年有余。我为你点上一支烟，就那么静静地站着，竟有说不出的悲痛。

1

整个 2006 年，我们全家都沉浸在绝望与无以言说的痛苦之中——谁也说不清楚的一种病，无端地缠上了你。让你高烧不退，呼吸也困难了。

大学毕业后一年，你似乎就有了些症状。先是关节，再到其他几处。不痛不痒，红斑点点。慢慢地，脸孔也有喝过酒似的过敏，就开始依着皮肤病来治。自此，每年寒暑假，都不得不上大医院去，走皮肤专家门诊，杭州、上海、北京，哪里有医治的良方就往哪里赶。

发热控制不住，身体的诸多指标渐次不正常。专家会诊，也查不出个病因来。你的心里，不是个滋味。其实，我们一家都是如此。特别是母亲，她的心里难过，就会常常叹息，有意无意地从嘴里流露出来。随着你的病情加重，她的声声叹息，有时就进了你的耳朵，变成锥子，戳在你的心上，让你的心，比身体更痛。

入住浙一医院后，你对自己的病情开始重新认识，各种医书都看，有时还跟人谈养身之道，看上去非常乐观。你还能走下楼的时候，每天自己买份《杭州日报》看看（后来都是母亲买早饭时带上来的）。

你读大学，给我寄来屠格涅夫的《猎人日记》，那是我读的第一本外国文学作品，爱不释手，大热天，躲在楼上不肯下来吃饭，至今都觉得《猎人日记》是我文学的真正启蒙。我读大学，一放假，就喜欢窝在你那里。睡一床，坐你办公室位置，看你站着批作业，耐心教育学生，也跟着你去喝酒。

记得你说，你喜欢看书读报，有空就看书，自考的是浙师大政治本科，后来又自考了教育本科，这让我真心服你。因为喜欢，你并不觉得书读得有多累。而这时候，唯一可以安慰的是，书报使得你与这个世界还建立着某种无法割舍的亲密联系。

长时间在楼上，你一感觉好点就下楼走走，说是锻炼锻炼，提高自身免疫力。有时还带母亲去改善伙食。附近的糖醋排骨、东坡肉、酸菜鱼是你最喜欢的。你的乐观给我和家人、朋友以极大的抚慰。但我们每个人在看你吃东西的时候，那种“贪婪劲”——有多少对生命的渴望啊，眼泪就会禁不住地流下来。就只好背过身去，生怕你看见。

在医院的日子，你开始写日记，这是属于你的宁静而快乐的时光，可以暂时忘记病痛，感受细小的温馨。记得你写得一手好字，极工整，又漂亮。一般在晚饭后，病房消毒的时间，母亲会扶你坐在一旁，然后搬出躺椅，到走廊边上。再扶你过来，让你躺着休息。你侧过身子，拿着厚厚的皮封笔记本，就写起来，很享受的样子。这时候病人一般都到走廊上，是病房最热闹的一段时间，大家相互问候、鼓励，常常能听到些许笑声。

我偷偷翻过你的日记。大致两部分：一是病情记录，特别会点到自己的感觉及检查后的对比，各种数据箭头常揪人的心；二是亲朋好友来看你的情况，或者是来电话、短信什么的，也通常有自己的感受。

后来我听母亲说，有一次，我说要来却未成行，你一天到晚问起我，后来就叹气，还是母亲给擦的眼泪——这使我很内疚。

你写日记的时候，母亲就紧靠在你的躺椅旁，轻轻地说着话，和你聊一些以前的事情。在最后的一些日子里，母亲告诉我，你和她谈的尽是些小时候的人和事。这不免让我们担心起来。事实上这个时候，你每天的呼吸都已经很艰难，每时每刻都在作生命的抗争，只是你更愿意自己大口大口地自然呼吸，而不是借助呼吸器。

随着你住进了浙一医院，我有时会两周来看你一次，可你一到傍晚就会跟母亲念叨我，但你应该能感觉到我的心声：每天，好起来一点。我们会尽一切努力的，我们都是妈妈身上掉下来的一块肉。

虽然，母亲很相信命，但还是不甘心，到处打听医治你病的人。偶尔打听到远房舅舅能用草药医治，就毫不犹豫地带已呼吸困难的你去了金华。之后父亲就得令似的拿着药方去山里寻访。还时常对我说，这草药即使不能治病，也对身体康复有好处的。

然而，很多时候，父亲都是走到医院的走廊上，一个人低声哽咽，偷偷地落泪。

2

读书的时候，在老家，干农活你可是家里的顶梁柱。用独轮车载猪栏粪，或稻秧，种田割稻子，双抢时节当正劳力用的，父亲个小，你那么分担着，他打心底里喜欢着呢！

逢年过节，你常带朋友来家里小聚，顺便看望老人。你们陪父亲喝酒，让他好开心。父母喜欢热闹，都高兴着呢！

如今，关心你的又何止家人。

表弟旭光、表妹旭霞、表妹夫建军在你住院期间，给了我们很大帮助。专家会诊，每天再忙，也会过来看望问候，鼓励你，给你勇气，照顾真的是无微不至。你是欣慰的，之前，是你照顾和培养了两姐弟。现在，他们就在浙一，有很好的工作——好人有好报啊。

老二、老张常抽时间来陪你。红卫大哥、学校老师、姨妈家的四姐妹都来看你了，还有你干训班的兄弟赵教师……在桐山村的徐伟还常烧些你喜欢的菜送过来。

在大家眼里，你是那么好！一说起来，每个都是动情的故事。你性格忠厚，又顾家，父母倚重你。你酒量好，从不劝酒，又慷慨，朋友敬重你！

3

我是在2005年放寒假的期末考试前一天，接到你送入抢救室的噩耗，后急急赶去，一路恍如隔世般流着泪。

从电梯到手术室的那点距离，都可能是你人生最后的路程。嫂子不敢签字，我签。没有办法，必须抢救的！所幸你熬过来了，但主治医生却下了逐客令——他们无能为力了。但我们必须坚持，我们全家，还有好多人，和你一起坚持！

方案一个又一个被否决，最后只能用以毒攻毒的“砒霜疗法”，痛苦的日子再次来临，你的高烧再也没退过。只能靠打强心针才好受几小时。

在离除夕还有三四天的那个上午，你突然提出要和我们一起吃顿年夜饭。你早找好了地方——报纸上推荐的，城隍庙下的特色餐馆。那时，你呼吸已经极其困难，打了封闭针，才可以坚持一个小时左右时间。你还给我叫了瓶啤酒，你自己倒了一小口。你还给我们夹菜，还说说笑笑。可我知道，也许，这就是我和你最后的一餐年夜饭。

后来有一次，我出差到杭州，就一个人，在这个餐馆，我们曾经坐的位置，叫了啤酒，放两个杯子，想象你就坐在对面，和我畅怀对饮，你还笑我酒量不行。心酸的眼泪在眼眶里不停地打转。

4

你艰难的呼吸着，我痛苦地看着你巴望着的眼神，我抱起骨瘦如柴的你，我的眼泪就流了下来。转身到走廊上，我忍不住就抱着妈哭。

你在 2006 年农历正月二十六日永远地离开了我们，在你希望走的地方，父母住的简易房，你最依恋的家里。你告别了三个多月最后痛苦的折磨，告别了工作近二十年的学校，也永远地诀别了爱你的亲朋好友。

最后的那一刻，你睁开了眼睛，那么留恋地望着我（你已经长时间未开眼了），直到我哭着说完你希望我说的话。

阿哥，你别走！

5

多少回梦里有你！

竟然不只是我，你的阿弟一个。太多个你熟识的朋友，我们的亲戚，甚至与你只接触过一两次的，都跟我说起——你依然是那个你，在我们心底无限重情重义的你。

这，已经足够！

念　想

总有些念想藏在心底，待岁月微澜，便喷薄而出。

“合肥来人了，”父亲逢人便说，“我妈 94 了，叫我几个阿弟阿妹来。”父亲的念想，也一下子清晰起来。

1

“造房子，大事情，再远，也要去的。”奶奶向来威严，说一不二。“牌扑面，不准调皮，付现钞”，麻将，她也照样玩得转。94 岁的奶奶，至今头发全黑。这点，我和父亲像她。

合肥的 2 个叔叔、4 个姑姑二话没说，就应承了。早晨 7 点多出发，争取赶到吃中饭。父亲就站在村委大楼路口，一直等着。期间走进走出，时不时打电话问。

“下高速，就快了，我去等。”他戴着帽子，抽着烟，叫我在里面张罗。自己踱着步子，出去了。他站在路边，一个人，巴望着村口的方向。瘦小的身子，在初冬的暖阳下，显得老长老长。看不清他的脸，但我能感觉到他内心的热流。

母亲说，昨天夜里，父亲一点也没闲着。

他把刚做的豆腐、油豆腐，还有晒好的番薯粉，一一分装到保鲜袋里。他把散在角落里的番薯也一一装袋了。原本这些，我母亲是会张罗的。他起个早，又独自去菜地里摘青菜，拔萝卜——还有什么可以带点过去呢？用不着琢磨父亲的心思，只要有，他什么都愿意。

2

父亲就站着，看我和媳妇，把香椿树做的头梁抬起。他慢慢地跟在后面，“慢点，慢点”，他被几个木匠挤在后面，嘴里不停地说着。

头梁在木凳上搁稳当了，父亲退到了楼梯口，让我站在最前面，等待着 9 点 18 分上梁。我也显得格外庄重，一直站着，看着时间。木匠说，这个点，以我的时间为准。在几句要紧的利时话之后，鞭炮声响起，“上梁了”，大家欢呼起来。

屋前屋后，人头攒动，人们开始热闹着抢馒头，抢糖果。这些，在我看来，也就是个仪式，意思意思就行了。父亲在一旁看着，咧开了嘴笑着。

“你阿爹呢，人看不到噶。”母亲有些埋怨。今天有不少亲戚来贺，他有点忙，顾不上了吧。可有人说，他闲着呢，带安徽的 2 个叔叔、3 个姑姑，逛去了。

既然到了，到处走走，应该的，也算是为老家“全国文明村”做正面宣传了。

父亲是老大，有他领着，弟弟、妹妹跟在后面，从村委大楼出发，沿着村道，河坝走。午后的阳光暖暖的，父亲额头上都出汗了，他一路走着，一路讲着他母亲的过往、村里的历史，仿佛自己又回到了那个年代。活跃的叔叔跑在前头，不断地给大家拍照，留下美好瞬间。

“大哥，大哥，靠过来”，姑姑们蹲下来，露出了微笑。在这样的村庄度一段时光，多年以后记起它，也许会慰藉内心的疲倦呢。她们都退休了，唱京剧，登山，旅行，拍照片，玩微信，活得开心快活。

田里的稻谷已收割了，一大片的黄粟也已渐熟，桑叶也渐由青绿转黄。一阵风过来，随意可见的美，野逸，自得其乐。多好啊，这样的时光多好啊！父亲，此刻正享受着这样的时光，真好！

3

“嘎大的事情，再远，你们也要去的。”天空下，田野里，风吹送着这句话，传送着一个94岁的母亲给71岁儿子的心声。

我分明看见，父亲听到这句话，转过身去，不停地用手抹眼泪。而我更清楚的是，我的父亲，无比地想念着他的母亲，我的奶奶。

我想着：等新房装修好了，一定接奶奶，和叔叔、姑姑们一起过来，过大年。那时，我的父亲，一定笑得更欢了；酒，也一定喝得更痛快了。

体 检

母亲说，家里有土鸡蛋，得空了来拿。黄瓜、茄子也大生了，摘些去。

下午，我和媳妇回去，顺便买了三条鲫鱼，带了一箱酸奶和两个哈密瓜。母亲说，现在的黄金瓜白兮兮，没什么味道，但是便宜；哈密瓜甜是甜，好吃，就是贵了些。

车子直入狗槽湾，转上岭，母亲已在屋前等候了。

“你爸困觉呢，还没有醒，都困了两个多钟头了，”母亲接过鲫鱼和哈密瓜，“呵呵，鲫鱼你爸最欢喜了。哈密瓜甜，贵的噢。”

母亲继续说，“你爸好像人不太好，夜晚尽出汗，腰这里也有点酸痛。这几天村里几个差不多年纪的，检查出来不太好，我都吓起来了。”

“酒会吃的吧。”我说。

“中午夜晚都吃的。”

我似乎放心了些，“明天星期一，我陪他去检查一下。”

“让他困，我带你们去看看小鸡，六只。”母亲领着我们，在父亲用竹编围成的一块空地前，看小鸡。

小鸡见人来，丝毫没有慌乱，慢吞吞地顾自啄食，仿佛自己的世界是不受打扰的。

第二天早晨，我还在迷糊着，父亲的电话就来了。父亲开了他的三轮车，搭着母亲，已在医院大厅等我。

父亲第一次顺着母亲来检查。以往，他不会答应来，最多，在村里卫生室里挂点盐水。

我带着父亲，挂号，抽血，拍片，做 B 超。周一人多，每一处都挤着。我发现，有我在，父亲显得一点也不紧张。他和母亲坐在走廊的靠椅上，小声地说着话，丝毫没有抱怨什么。见着熟人，打着招呼，又安静地坐着。等排着了位置，他才站起来，进去检查。

在等待的间隙，我陪母亲去吃早饭，好像也是第一次陪母亲在镇上吃早饭，白粥和毕浦小笼包，母亲说，好吃。

父亲说吃不下，我们就没管。看病的人，哪里有胃口的。

中午 11 点，血常规、SAA（血清淀粉样蛋白 A）、CRP（C 反应蛋白）、生化全套出来了，甲功三项和肿瘤筛查要到下午三点半才可以拿。

我领着父亲去医生那里。

“老头子厉害的，一个箭头都没有，比你还好呢。”医生是我高中同学，他的话让人高兴。父亲笑了起来，我抚着他的肩，也笑了。

“下午的片子和筛查，肯定没有问题的，叔叔放心好了，也不用配什么药的。年纪大了，多注意休息。”我同学的话，就是定心丸，这下放心了。

“有点饿了，去吃碗面。你到家里打点酒来，想吃点。”老头子的心情好了，气色也好了。想吃酒，我更放心了。

果然，下午片子出来，筛查出来，没有任何问题。我记得回去之前，母亲跟我说的，配几副膏药，老篾匠常会伤筋动骨的，贴贴就好了的。

我去配了三贴，下午送去。电话里，我已经感觉到，父母亲都很平静。

不得不说，姜还是老的辣。七十多岁的人了，没有箭头。回去向父亲求教，他说：中午一杯，夜晚高兴，搞个两杯。

真服了他。

生活又恢复了原样，真好。

红　包

午后，阳光强烈。

我站在院子里，看菜地。每次回来，我都会在这里逗留一会儿。乡下人，像我，对吃的印记，无非是自家种的菜，养的猪，怎么整，都是一桌美食。

长弯弯的一溜，平常的草木灰、螺壳灰，都是精良的基肥。泥土里蓬勃的是生命，竹竿上牵着的是原生态果蔬。眼前，黄瓜，茄子，毛豆，西红柿，辣椒等，都已挂花挂果。

我站了一会儿，汗很快就贴着衣衫了。

这时，母亲朝我这边走过来。我看见她手里拿着什么。那么刺眼的阳光，她待在屋里才好。我又看见媳妇站在家门口，朝我晃了晃手中的东西。

“给你个，大送小，我也给你个，好西西的。”母亲手里是个红包，一捏还挺厚。她在电话里跟我提起过，说是端午大送小，给我两千块，自己买点东西。

大送小，是镇上端午的习俗。乡下的母亲又如何得知，如此大方，着实让我吃惊。

我不好意思，有些不知所措，“嘎大的人了，还要红包，难为情。”

“拿牢，好西西的。”母亲客气，我就接过来了，似乎觉得母亲是在讨好我们——她早已不是寻常日子里给人惊喜的人了。

我一手拿着红包，一手抚着母亲的肩，跟着母亲。“菜都好摘了，茄子，豆角一碗有的。”母亲指了指菜地。

“我摘根黄瓜给你吃，小根的，生的吃起来脆。”母亲进了菜地，俯身去摘，一下，两根黄瓜递过来。

“不要摘，下午摘苦的。”正在做竹凳的父亲叫起来。

“摘了吃吃看，去那边洗洗。”母亲可不管这么多呢。

自来水里冲，齐刷刷抹去粉刺刺的毛尖头，一大口咬去，头里果然有点苦的。

“你换个头吃吃看。”母亲提醒我。另一头真不苦的。几口下去，脆脆的，好吃。

边上的木头架子，晒着什么东西，满满当当一竹编，我就问母亲。母亲说：“臭草，寒的，苦的，晒干了，泡水喝，清热解毒，六月天当茶泡了喝，好的。”

“今年杨梅生了，大年。”顺着母亲的话走，那株矮阔的杨梅就在水池边，青青的果子挂满了树。“再过个半个月，好吃了。小个是小个点，味道蛮好的。”

母亲和我说着话，那些话，亲切，新鲜，熟悉，里面藏不住心事，好像什么心事都没有。但我知道，她的心事，一个一个字，是从灶间用火苗烘出来的，是从盐油锅巴里抹出来的，是和着思念揉出来的，是那么的平和。而平和，往往最有力量。

我呢，也十分清楚自己是谁，作为儿子，我得在意这个，才不会无所谓，并安于内心。

我抚着母亲的肩，往里边走。靠山的墙角边，父亲在做他的老本行，扳竹椅。两张宽大威武的竹椅已是成品，我坐了上去，感觉踏实而又凉快。

"靠硬的，老头子，这个质量是好。"我表扬他。父亲笑了，嘴里咬着的烟掉到了地上。母亲也笑了，说，质量是好的。

我递支烟过去，叫老头子歇会儿。

"中午喝了一小杯，这点事做做好，再打个瞌睡，"父亲说，"帮我茶杯拿下过来，口干了。"

我和女人都往屋里走，母亲却说，"你们还晓得在哪里，我来拿。"

就这样听母亲说说话，与父亲聊聊天。我只管听，或者答。我已经习惯了顺从，谁说孝顺不是从顺从开始的呢？用不着说我自己，在外面可能风生水起，也可能沮丧失意，这些都会让父母记挂忧心。

所有的日子，是一个日子。就是在当下，和父母，在一起的时光，特别平常，又特别好。有句话说得对，"父母在，人生尚有来处；父母去，人生只剩归途。"没有什么是重要的。如果有，一定是孝顺父母。

仿佛山野寂静，晨曦与晚霞轻声地说话，又无言地握别。每个周末，记得回去，陪陪父母，喝点小酒，说些什么，为他们做点力所能及的事情，算是孝顺吧。

突然觉得，自己是多么幸运的人儿。

送　花

“家里人坐一下好了。”母亲在电话里头说。

母亲今年69岁了。走动的亲戚，舅舅、姨娘等，凑个日子过来，叙叙旧，说说孩子们，顺个祝福。村里的老姐妹，也约了时间，表达一些最纯的心意与祝福。按农村习俗，家里要摆几桌致谢。

“家里新房子弄好了，摆几桌吧。”我说。

“算了，路也不便，麻烦人家的。你也忙，算了。”母亲絮叨了几句，并一直坚持着自己的想法。

也好，就到镇上，找个地坐坐，家里人吃个饭。仪式感还是要有的，年纪大了，听老人家的话，意思意思就好。

我到媳妇店里不久，母亲也到了。她说一个人，搭车来的。老头子起先叽咕了几句，好像是跑噶多路，就吃个饭，懒得来的意思。她就自己来了。答应儿子来，就来，母亲一贯的直性子。估计老头子自己坐公交，绕个大圈，会跟来的。

在学校大课间活动的时候，我微了花店，包一大捧鲜花，送母亲。

说句老实话：仪式感不只是年轻人的，只不过我们从来都不会想到老人。那种不在意与忽视，根深蒂固。

媳妇会不会说我“千色色”？母亲是否会说我浪费？我心里有一点顾虑，也没有告诉媳妇。再说，母亲辛苦了一辈子，儿子送一束鲜花给她，怎么了，不应该吗！我是很想让母亲开心一点的。

我约了几个发小（母亲其实是喜欢热闹的），挑了清净一点的“迎君阁”。

老头子果然跟来了，还穿了去年媳妇买的外套（第一次穿），母亲也不再计较了，与媳妇一路谈天过来。

鲜花送进包厢的时候，母亲不由自主地站了起来。“给我的？还要送花的啊。”她笑了，“哦，哦。”看上去，连皱纹，也舒展了不少。

我接过花，送到母亲面前。母亲把鲜花捧在胸前，低头闻了闻，又伸过去让老头子闻了闻，又捧回怀里。我不知道，这是不是母亲第一次这么认真地，和鲜花对话，与父亲分享。

我搭着母亲的肩膀，站到她后面，媳妇也站过来了。老头子把凳子往母亲这边移了移，一家人合了张影。

我给母亲倒了酒，半两白酒。媳妇也倒了点，其他人都满上，敬我母亲。母亲说，谢谢，谢谢，大家慢慢喝，多吃点菜。

鸡蛋面，2 个鸡蛋。我给母亲盛了，我母亲给儿子盛了。似乎是高兴了，母亲说：“我儿子脾气真是最好了，他属猪的。”

“嗯，是好的，有时候也有脾气的，妈，你不晓得？”媳妇跟了一句。

“正月初一生，是有一点点犟的。”

今夜的母亲，安然而平静，有着岁月沉吟的宽厚与慈爱。后来母亲把半条鳊鱼、2 条小黄鱼与一点小虾打了包，老头子喜欢吃，明天蒸一蒸，不错的一餐了。

母亲捧着鲜花走出饭店的时候，晚风拂过，夜色宁静。我看见母亲捧着鲜花，满是笑容。她整个人，仿佛一下子年轻了许多。

清　舍

舒舒赶到“清舍”餐厅的时候，已经是晚上 7 点 36 分。

6 点半准点下的课，从西溪打车过来，正是杭城堵车的时段。夜黑雨骤，翠碧山谷，七拐八绕的，我们通过共享位置才接上头。

我去市里换车牌，顺道约女儿见一面，吃个饭。一到假期，她的工作特别忙，早中晚的舞蹈教学，特别赶，特别辛苦。赶到这里的时候，也是一身休闲打扮，还未从工作状态中出来的样子。

几分钟前，她在微信里给我打预防针，“今天穿得很随意，呵呵。”还挺要面子。

朋友合资的“清舍”餐厅，位于杭州西湖区西北部的大清谷内，此地山田石涧，径竹岩松，茶坪道树，窈然森秀，远望一片青，故名大青。据说乾隆曾到此地游玩，遂兴笔改“青”为“清”。

四处走走，撩拨下风情。

雨中的“清舍”，好像有一缕茶山里晨露般的幽清。我和媳妇沉醉在这样的气息里，在飘落的雨丝中，走过竹径间、木板地，顺过廊棚——喝茶聊天的地方，走过烧烤区，又绕了菜园子，一路静静地倾听与感受，捕捉一份难得的清寂。

天生之物总是贮藏了一些野趣，伴随自然之力而落于村野。

在“清舍”隔壁，是一幢高宅大院。高高的砖顶上，有飞檐的旧迹，一排排雕花灰瓦，让人在心里感叹这曾经的气派。如此讲究之地，俨然大户人家。宽大的木门虚掩着，内里古木森然，石栏石井，老槐虬枝，一幅古意做派。

时光的流逝并没有影响这里的地气，依然潮湿、幽静，暮色下来时，有几分清冷和枯寂。里间的廊灯明亮，可想里边不多的人，已融在这无边静谧的山色里。

那辆停在井边的黑色大奔，据说已长久地歇在这里。诧异之余，也不便打扰人家，于是悄然离去。而边门前停的那一辆奔驰越野车，据说也有些年份了，我们什么也不想了，就看看。

朋友小韩是我早年的学生，书没读得怎样，情商倒是蛮高，事业发展得也不错，光是二手车交易市场的租金，一年就得几十万。听说老师来，又召集了几个同学，分别从湖州、桐庐赶来聚。

都是些熟识的小鬼，很亲切。陆续赶到，一下午，陪着我们喝茶，聊天，散步。

小韩还特地弄了些“好吃的”来，譬如野生鲑鱼、牛筋海参、冰镇三文鱼，还特地从西湖边送来烧好的名菜……

又备了“清舍”特酿五十三度茅台原浆。最是那第一口的热辣入肠，颇有慷慨之意。

席间小韩闻师妹要来，早贴心煲了名菜，热了鸽子汤，又去炒了几个时蔬。师妹一落座，他们又是添茶，又是酸奶的，很是周到。

舒舒的面前，盘里各种好吃的。她显然饿了，打了招呼后，就自顾吃起来。

不知道是她吃得认真，还是我专注地看着她，我都觉得这孩子不容易。前些日子，老板觉得她做得好，给了她百分之十的股份机会，算是创业的开始，毕业才一年时间，已是不易。

舒舒这孩子，自小通情达理，自己会拿主意，坚持做自己喜欢的事情，活得自律但有趣，并保持有持续的生活热情，什么也不用你搁心。我就觉得自己其实很幸运，也很幸福。至少这一刻，涌上来的，就是这种感觉。

我们一年在一起的时间，用“难得”来形容毫不为过。我上班，她忙着；我放假，于她，是最忙的当口。要不是这次出来，与她比较近，可能都不会聚在一起。

早九点，我就在微信里，给舒舒发了信息。说来了，在什么位置，有空能不能吃个饭，又发了晚餐的定位。她说了，要到六点半下课，说应该可以，可能会迟一点。

有时间来，见个面，就好。儿女长大了，我们各忙各的，除了过年，很少有交集。大家活在微信里，在微信里说话，见面，看到彼此，想念彼此。

那么一想，柴门掩映于绿野山间，人安于内，品茗，坦然坐着，心事全无，听几声鸟鸣，觉得儿女也如此，各适其天，各全其性，最是好。

清舍，那一份清寂的念想。

阿 爷

老家盖房上梁那晚，在村委大楼地下室请帮忙酒。席间，大家聊起了我的家世，说到了我的阿爷。

真没想到，没什么印象的阿爷，在老一辈村人的眼里，不仅是农活的绝好把式，还是个会做生意的厉害人物。

1

记忆中的阿爷，起得早，扛着把锄头就下地干活去。正午过后，才回来。一碗炒辣椒，或是辣椒酱一拌，胡乱一通吃，两大碗饭下去，又扛把锄头出门了。

我喜欢跟着阿爷下地去。

我七八岁就能下水田插秧了，依葫芦画瓢地插。还算齐整的青青的秧苗，和我稚气的脸，映照在水田里，泛着淡淡的清香。但阿爷把我的辛苦和欢喜全毁了，他拔了我插的每一株秧苗。

“插得太浅了，根要沾到泥里去，深一点。”阿爷叫我停手，要我站到田埂上去。上面是个鱼塘，有一大片草地，可以玩。我当然不肯的，阿爷拗不过我，只好手把手教我，如何立稳秧苗，如何倒退有序。爷孙俩配合默契，水田里洋溢着快活，我也在新鲜的快感中对插秧慢慢上道了。

2

记得爷爷对我的教育，唯一有印象的，就是走路，要甩开两手走，说是这样精神。

甩开两手，跟着阿爷下菜地，欢天喜地地跟在身后，端着篮子，接阿爷摘下的瓜菜：一根绿白的黄瓜，通身小毛刺，嫩生生；一个紫黑的茄子，圆鼓鼓，亮油油；一把通红的朝天辣椒，硬邦邦，歪兮兮。但如果摘下的是金黄的大南瓜，或是一个淡绿的大冬瓜，我就会丢下篮子，腾出手来抱了。

3

堂哥说，阿爷灵光的，会做生意，也会吃苦，是个了不起的人。

南堡七五洪水，几乎淹没了整个村庄。在上游我的老家，也未能幸免。原来天畈里的泥瓦房，几乎也坍塌了。

“阿爷的两间房，在村中央的大路边上，就是现在水泥观光大道的中段。”堂哥介绍说。我给大家敬酒，大家聊着，都记得，前后屋，是哪几户人家。

“你阿爷开过小店呢，”老支书说，“卖些油、盐、酱、醋，杂货什么的。有卖盐客担来，你家阿爷把自家的床铺让出来，给他们睡，两毛钱一夜。阿爷、阿婆、你爸、你伯，四个人，就在火炉边上，围着瞌睡一下，熬着过一夜。就这样积攒下钱，在上茅坞买了四十三亩好地。”

那时，担货、卖盐的一般都在驿站歇脚。驿站也只有大一些的村落才有。百岁坊下来的诸家田畈，离河岸百来米的大路上，就曾有搭建的简易小房，供路人避雨，歇脚。而我老家后岩，原是个四百来人的小村庄，沿山边河岸可以下到云头、西华、贺州，转到上岙、乐平。

阿爷有这种心思，有那份辛苦，攒一份家业，不容易，真是让人肃然起敬。我完全可以想象到，那一夜，在小店里，是怎样的一个情景：

阿爷和卖盐的哥几个，坐在火炉旁，喝几毛一斤的枪毙烧。阿婆客气，特意准备了点小黄豆，炒了下酒；又早早地铺好了床，让客人睡下。

冬日，屋外寒气逼人。阿爷给火炉加了几锹木炭，又添了柴火，招呼阿爹、阿伯，围坐在一起。白天生产队干活的劳累一下子席卷过来，大家手塞进棉袄，膝盖互相顶靠着，就这样拥着，睡过去了，熬过了一夜，两夜……

“你家后来就成了地主。”老支书继续说，“评成分的时候，是没有规则的，大家评，就看家族人头多少了。你家阿爷头脑活络，会做生意，少不了挨嫉妒这一刀，脾气又硬，加之田地多，就成了‘地主’了。但你家这个‘地主’，是从来不顾长工，短工也不请的。哪像个地主样子。”

阿爷，真是个厉害角色。一早割稻，下午犁田，傍晚就种下了秧苗。请人，要花钱的，阿爷可舍不得。有力气，使劲地用。农民的本分，不怕苦，不怕累。在田地里翻江倒海，才是真正的本事。

4

小学四年级，我就去邻村上学了。之后又去镇上读了重点中学。

我记得读初三的时候，大年三十，阿爷给我们发了压岁钱，然后不声不响地回屋了。过了一会儿，拿过来三件黑呢子大衣。

“我去镇上找人做了呢大衣，你们父子一人一件，算是给你们的传家宝了。”这一次，阿爷几乎用完了他所有的积蓄。要知道，1968 年，有多少人家的孩子，穿得上呢子大衣。

笔挺的黑呢子大衣，中山装板式，一穿上去，人的精神气都不一样了。虽然我穿的尺寸有点偏大，但这一件呢子大衣，却是了不起的阿爷所有的心思和骄傲。

5

就在读高二的那年，某个晚自修前，在五云山分水中学的广播室，我听到了阿爹在山下叫我的声音——阿爷过世了。

辛苦一世，一生喜欢吃辣的阿爷，倒下了。懵懂的我，跪在堂前哭，一直跟着大家哭，第一次深切地感受到亲人永远离去的悲痛。

我记得后来写过一篇短文，纪念阿爷。清明、冬至，或是正月初一，我一个人，在阿爷墓前读，读着读着就哭了。后来，我把写在纸上的文字烧了，期盼阿爷在天之灵能收到。

拾撷记忆，回想点滴。陈裕海，我的阿爷，我记得这名字。他活过，活着是个人物。

烟　火

慢下来，俗世里的生活其实是自在的。烟火里，日常的小感动不时氤氲而出。

1

“有点想吃鸡翅。”女人吃饭的时候，嘀咕了一句，很轻很轻。两个人的晚餐，女人准备了我喜欢的红烧鲫鱼，排骨玉米汤，还有水蒸蛋。

照例是我先回去，女人自己管店。实体店越来越难做了，有时不得不靠时间来硬撑。

20 点 50 分，我去小红帽。

“三对鸡翅，一杯芙蓉汤，打包。”传话的声音进了里间，厨娘并未接住。干等了几十分钟，再催，又等了十来分钟。

冬夜湿冷，我在离家最近的拐角等我的女人。风大，我紧了紧围巾。

不一会儿，她过来了。一手吃着什么，一手又拿着什么。灯火阑珊的街道，等待是一种微妙的美好。

我拎起打包袋，“鸡翅，芙蓉汤”，朝女人卖萌。

她好像惊到了，快步跑过来。又举了举手中为我准备的油炸馒头夹臭豆腐。那一刻，我看见女人微笑着，很温情地看着我，仿佛心有灵犀。

“痴，真去买了。”

我拥了她，她挽着我，走回家。

庸常的日子里，也许，根植于内心的爱，才是我们真实的性感。

2

“给你打件毛线衣，好吧?”女人突然提起，“嫁给你，还没有给你打过一件。我问了，买毛线要一千多呢。”

我自然是不介意的，我本来就喜欢穿半高领的毛线衣，那种摸上去柔棉舒服，颇有文艺小白暖暖的感觉。

顾店的时候，她就打毛线。原来有空玩玩一块头麻将的习惯，也成了过去式。晚上催她睡了，“你困，先睡吧。”她戴了老花镜，自顾打毛线。那样子，有种慈母手中线的意思。你朝她看，她说：“乖，睡觉。”

我甚至猜想，我睡着打呼的时候，她会停下一针，朝我笑笑，很满足的样子，然后继续打毛线。

3

“下午我回去过了。妈打电话过来，瓷砖贴好了，装开关了。”女人系着围裙，从厨房里出来说。厨房里，小火炖着红烧肉。

“妈说，过年要住回家的。”她朝我看，“都我劳心了，爸妈都不打你电话的。”

“他们听你的，辛苦是你辛苦。”我朝女人竖了大拇指，“你多劳心点。”那不费心力的鼓励有时充满了快意。

她朝我撇嘴，“星期六，你总要上去的吧？”

“哦，好的。”

4

“你们食堂的菜包子好吃，”女人好像当真地说，“以后你值日，早上我送你，顺便买几个菜包子回来，佳佳也喜欢吃的。”

其实学校的菜包子真一般般。我说起这一段，老师们甚至都不相信。“师母还不是想送你，对你好的了。”不知道他们是笑我，还是有点夸奖师母的意思。

说真的，叫她起个大早送，是真不忍心的。还是自己起早个半小时，坐公交吧。

日子泛着光泽，女人的温润美丽，源自充足的睡眠，这可能是真的。

日常碎细，须慢下来品，才可能有趣味。无须纠结，对自己的女人怎么好，都不为过的。

锅 巴

这时，母亲就站在灶头边，将洗净的粳米，倒入大铁锅；添加些水，水稍稍满出粳米；盖上大锅盖，用两块湿布，绕着锅围个结实，开始焖饭。

“添把火，”母亲双手搓着围布，“柴火隔空点，烧旺来。”

我坐在灶前的竹凳上，添些柴火，诸如桑叶梗、树根、毛竹桶，破开的松树枝之类，用火钳推送、架空，顺便和母亲聊些日常。

看着红透透的灶火，心仿佛融入了米饭的热量和香味。

锅盖边冒气了，母亲紧了紧湿布，看看有没有沿边盖住。我像小时候一样，习惯地站起来，手搭着锅盖，弯下身，听米焖成饭，再生成锅巴的那种“吱爆吱爆”的声音，由单一和缓到细密紧促，热气与饭香味溢出湿布，扑面而来。

这边，父亲的酒杯满上了。母亲招呼大家先吃起来，自己还在灶上忙着。她把饭盛在竹篮子里，盖严实，又叫我退出柴火，留一把小火就够了。她慢慢地匀着撒些细盐，再刮点猪油，匀在锅巴上，等锅巴略带焦黄，整个掀起，真是格外得松脆。

“可以吃了。自己来盛。”母亲搓着围布，也上桌吃酒。

媳妇最喜欢母亲弄的盐油锅巴。一铲，一切，一大块焦黄松脆的，就盖住了整个小碗。她原地站定，用手扳下一小块，直接就往嘴里送。“松，好吃。”嘴里就有松脆的声响。

“给你也来一块。”她知道我也喜欢，顺手拿一小块给我。喜欢的也都往灶头去，切一大块，大家分着吃。

母亲炒炖的红烧肉也是极好吃的。夹一块，和着锅巴下去，锅巴的松脆米香与土猪的肉香一时渗透弥漫，再舀一瓢青笋干蛋汤，味道真是不错。

岁月无情，母亲虽老，但她总惦记着我们，腌肉、土鸡蛋、毛豆、黄瓜，稍稍一整，就是一桌。而盐油锅巴“吱爆吱爆”的声响，又一次焖过来。

夜色渐凉

母亲电话进来的时候，我正跟人喝酒。

我站起来说，抱歉，有点事。杯中吧，我干了，散了，大家继续。

夜色微凉，长且宽的老街，青砖灰瓦，古色门楼，沉淀着岁月的宁静。商店、小吃店、花店、书店、饭馆、茶馆、古槐、民宅，灯彩高悬，一派古韵。

我独自走回店。我猜想，母亲一定还在那里等着。没见着儿子，她会一直等着。

母亲靠在竹椅上，手里握着茶杯，看上去有些拘谨。几天不见，她似乎老了许多，额上满是皱纹，一脸的疲倦。这段日子，她在食堂帮忙，快七十的人了，怎么也有些辛苦的。

媳妇正在一边剥山竹，递过来给母亲吃。

“新鲜，有点酸甜，蛮好吃的。”母亲接过来，边吃边说，“噶贵的东西，你们自己多吃点。”媳妇又剥了一颗递过来，母亲接了说，是好吃。

“5 月 6 日中午，你们空吧，空了都回后岩吃饭哦，百姓日。”

见我回来，母亲的话多了起来，气色似乎也好多了。“本来是请六十岁以上的老年人吃的，村里人少，就叫大家都回去吃，热闹。”

我连忙说好的，好的，一定回去。

母亲又说起了老家的一些事。

上星期天，隔壁邻居建华儿子结婚，请她去帮忙烧饭，蛮客气的。

昨天，同年伯，村里的老书记，运回来，过辈了。说着，一声叹息。

又缓了缓说，家里新种的两棵樱桃，长了好多颗，够我们吃的了。

新屋前种的二垄辣椒秧，开小白花了。

后山上的几棵李子树，高了很多，石灰李，蛮生的品种，以后有的吃了。

夜色渐凉，我挽着母亲，一路陪着她走回去。

多久没有陪着母亲走路，我都记不得了。今夜，我挽着我母亲的肩，就这么一个动作，沿着街，一步一步地走着，说着话。

她问起了我的工作，在外面是否习惯，什么时候能调回来；又说要听党的，听组织的；还有早上是不是媳妇送，孩子们有没有常联系，工作怎么样。

几乎都是母亲说，我听。但我一点也没有觉得她烦。我让她放心，安心，不要累着了就好。让她放假了回去，不要再做了。她说，是啊，不做了，不做了。在这里做，你爸在家里也苦的，饭也没个时辰。

母亲见着儿子，什么都听儿子我的。

我一直挽着她瘦小的肩，其实我并不习惯，但挽着挽着，心里特别温暖，觉得自己已经能够撑起整个世界。但我很想知道，母亲是否和我感觉一样，心里也是暖暖的。

母亲的脚步缓慢而坚定。她像所有的乡村农妇一样，按照自己的思维走路，干活，教育我们，使我早早地认识了中国女性的宽厚、乐观和智慧。

我们很快穿过了一个拐角，走过水果摊、老电影院、花店、百姓书店，长途汽车站。对面不远处，就是学校，有灯亮着。

在宽大高立的牌门下，母亲站住了，“回去好了，我自己走一下就到了。早晚凉的，早点回去。”

我听话地站着，望着母亲的背影，静静地站着。对面的楼几乎全黑了，周围寂静无声。我看见母亲转上坡的时候，朝这边看了一眼。我似乎觉得母亲的眼泪，与我一样，也流下来了。

伫立沉思，夜灯的那份朦胧，已模糊了坚定的目光与质朴的表情，定然也能抚慰不可复制的亲情。

夕阳下，田野间，父亲用竹编围起一小块地，用锄头顺下几垄土，点下黄瓜、丝瓜、辣椒秧。母亲在一旁撒点肥，舀一小瓢水浇下。

飘散的晚霞，静谧的田野，狗在田埂上追逐着，鸟儿在栗子树上叽叽喳喳，豆角泛青胀鼓，土豆长着个头，空气里弥漫着青草和泥土还有油菜的芬芳。不远处，河水清澈流淌，芦草随风飘荡。

是的，在老家，晚年的父母，安享着山野的清新，景致的丰饶。这一切，我渐渐有了这样的一种感觉：这就是中国的乡村，乡村的生活。

心甘情愿

婚姻，柴米油盐，归于日常，如此细碎。

周末闲着，你试着搞卫生。拿块浸水略湿的抹布，先擦洗书架，再理理茶几，然后是梳妆台、床前柜，擦两遍。接着拖地板，移开沙发，很认真很细致地，从客厅到三个卧室，再到厨房，角角落落，不紧不慢。

“今天噶好啊！”女人还在床上，就像平时，你带着欣赏的目光，一边看着电视，一边看她干活的样子。

女人料理家里，是一等一的，你不得不服。晚上回来，擦、拖一遍，又把衣物洗了；早上起来，又是擦、拖一遍，把东西都晒出去。关键是，你靠着沙发，喝着茶，悠闲地看电视，她只偶尔朝你看下，自顾干活，从不起翘。你只需夸她几句，她就开心了。

一个真正把这里当“家”的女人，才容得下你的懒，你的自私，你的无动于衷，你所有的缺点。

难得的，今天好好表现，换个惊喜，一切开始变得清爽且井然有序。

汗从后背冒出来了，老腰也有点直不起来。这活，看着不怎么的，平时不干不知道，一干，就觉得累了。稍稍在沙发上靠下，继续闷头，干得蛮起劲，眼见就完结了。

在往卫生间的当口，咔嚓，皮衣挂上了把锁，一拉一扯，裂开了个口子。

“叫你不要拖，你看看……”女人从床上跃起。

又是周末，看 NBA（美国职业篮球联赛），长暂停。闲着，咱又不是个懒人，见阳台靠墙有个新拖把，表现一下。用劲用力，好好表现，从卧室到客厅，有序清理。突然咔嚓，拖把，新的拖把，前天从超市买的，断成两截。你哑然，吃力不讨好了。

“叫你不要拖，你看看，刚买的……”

“以后不要你嘎尽力。好了来吃馄饨了。”饭桌上，一碗热气腾腾的小馄饨，正飘着刚从阳台上拔的葱香。

于是，你赢了。一个男人，不可能不会拖地板吧。但是记得她宠你。

这生活早有定数。而小酒也非我所羡，就像我贡献了气氛，却独自感叹自作多情的活该。这被女人重复的叹息与无助，已无须我来转述。身显疲倦，牙也偶浮，记忆减退。发虽未白，手不至于那么抖，纵性格使然，亦无记性。

偶有小醉，常被诟病。

那一日，趁着女人生日，多夸了几句，姐妹们又哄起来，女人直性子，禁不住，大半瓶红酒就下去了。也不是特意而为之，不胜酒力之余，也让女人体验一回酒多难受的诸般滋味，懂得照顾人，疼你。

一进门，女人就倒在地板上，不肯起来，嘴里嚷嚷，“我没事，我没有醉，嘎点点酒……”把她抱起来，轻放到沙发上，拿个被子盖上。又拿个脸盆，放下面。接着去烧点开水，泡着凉下，陪着。女人看上去很难受，不免有点担心，是不是有点过了。

用热水替女人洗了脸，抹了香香。又把她扶起来，脱了袜子，洗洗脚。

女人很快睡去了，脸蛋红扑扑的，看上去，挺美。

第二天，女人早早醒来，就捏我，又朝我笑。“嘎点点酒”，她说，“我没有失态吧，我脸、脚都没有洗吗？”

“给你洗了。我吃多了，不都是你服侍我的吗，应该的！”

女人下床洗漱，去烧小馄饨去了。

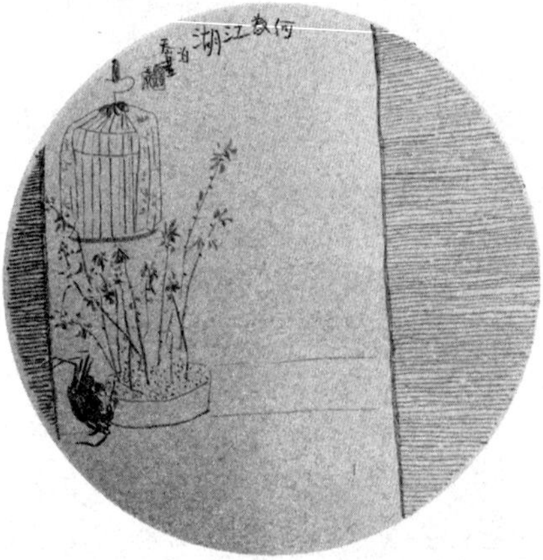

像个孩子

“六一”儿童节，这个日子，总是会提醒我，要保持童心，做事更周全。要记得，在父母面前，我们永远是个孩子。

与此同时，对写作者而言，以孩子的视角，去审视自己的内心，关照世俗与当下，是何其重要。毕竟，成人的世界，是喧嚣纷扰的。孩子们，则真实单纯得多。

1

恰逢周末，先去新龙，看老丈人。顺便摘些辣椒，带去后岩。父亲说，今年没来得及种。

沿着分水江走，一道大湾绕上了新龙。

村道两旁的李树，有几十株。深紫色的叶子，掩藏不住丛生的酸果。每一次来，都忍不住拍它。或蹲仰，或趋近，无论哪个角度，都令人惊叹。几个，几十个簇生着，圆圆鼓鼓的样子，像极了小孩子的脸，敦实、生动而紧致。

每一次来，都会估算它们熟透的时日，摘一个，两个，用手一搓，咬一小口，酸而硬，或酸而脆，终是因原味而喜欢。想想，自然的馈赠何其慷慨，切不可辜负了。

下了岭，左边是一方荷塘，一直延伸至村篮球场。夏风清扬，一簇一簇宽大的荷叶，嫩绿点点，铺就开来，甚觉清新淡雅。

女人，似调皮的孩子，羞羞地，摘片荷叶，盖到了侄女头上，在荷叶中央的田埂，做个鬼脸，莞尔一笑。一颗少女心，如同莲子，清宁洁净一般滑入了季节的深处。

我也忍不住，顶了那张荷叶，摆个滑稽的姿势，如入夏日荷画中。

2

我们径直走到菜园子去。

女人早已在电话里唤了老丈人。此刻老人家正边整着地，边等着我们。

他把着锄头，看上去身形消瘦。他是劳累的，劳作的风霜，定型了他脸上的每一块线条，他站着，劳累还是跟着他。他半蹲着摘菜，可他还是显得劳累。

女儿、女婿回到身边，他摘辣椒的手似乎快了不少，话也多了起来。

“再有的吃了，黄瓜、辣椒、茄子、豆角、包心菜，吃厌了为止。”

“你们等我一下，我去摸碗螺蛳。”女人往小沟渠里走。那天她一个人来，尝到甜头了。她脱了鞋袜，赤了脚，下去。沟水清澈，螺蛳无法躲藏，一会儿，一大碗了。

3

一直以为新龙百合基地，已不再有往日容颜。原来几百亩的七彩百合，几乎被香柚、猕猴桃、桃子以及一些中草药占据了地盘。

往菜园子里下来，眼前突然一亮，一整大片的太阳花，红的、黄的、白的，错杂着，花了眼了，颇有成片观赏的气势和味道。

走在江边绿道上，右边遍地是多彩的太阳花，夹杂着些许百合。左边沿江围栏上，深紫和白紫的蝴蝶兰和黄百合交相辉映，连同深蓝的江水，美不胜收。

一路还可以遇见整片的野雏菊。

邂逅如此多美丽的花色，真是够幸运了。

4

过了后岩桥，我仿佛是一个快乐的傻子，沿着堤坝小跑起来。小跑，是一种多么美好的姿态，在旷野里，在天地之间。女人也跟在后面，傻傻的跑起来。

岸边的一丛丛芦花，随风摇曳，呼应着单纯。田野里，桑草青青，成片的栗子林，顶上泛着一簇簇的银黄花，热烈的样子，煞是壮观。

好多个的菜园子，在田埂间。茄子小长了，竹竿架上的黄花，牵着的藤蔓，挂着的小黄瓜与豆角，滋生着夏日的蓬勃。

5

家门口，父亲指着菜地说，“看看，番茄、黄瓜、丝瓜，都长了，有的吃了。”接着又说，“等下你妈就回来，有枇杷吃了，中午就去贺州摘了。”

厨房里，剪好的青毛豆放在小篮子里，好几根黄瓜堆在桌上，茄子一碗有的，青笋干浸在砂锅里，一切都是刚刚好的样子。

我的眼里，仿佛看见了一团腾腾的俗世烟火，一种实实在在的日子安稳。

很庆幸，“六一”儿童节，我们还能像个孩子一样，回家吃饭，在父母身边，在自然中感受美好。

安徽来人

团聚，在新中国成立 70 周年之际，幸运与幸福不期而遇。于是，人生充满着期待与欢喜。

1

国庆前夕，父亲告诉我：94 岁的奶奶，将从合肥过来，住一阵子。同行的还会有她的 2 个儿子、4 个女儿、2 个女婿。

父亲 7 个兄弟姐妹，终于可以聚齐了，这是多大的喜事啊！

这里是奶奶的老家。离开已久，耄耋之年，思乡情切。其实真正放不下的是她的大儿子，也就是我的父亲，也有好几年未曾谋面了。5 月份一次突发的心脏不适，让她更觉得归来的迫切。确实，时光不只是一道划痕，更是一种幸运。

2

等待是让人心急，时光过得尤其缓慢。而老家新房的装修，不断地赶着进度。门套，扶手，走廊定做了，还未来得及完工。

亲人重聚，接待是头等大事。除了来老家搞卫生，我还有很多重要的事情要做，比如先期选窗帘，挑灯，要先预定，发货再装。大件的，比如沙发、电视机、餐桌等，也要尺寸、大小、价格等方面的考虑。还得与女人一起去趟超市，红酒、饮料、各色水果，牙膏、牙刷、牙杯、拖鞋等，尽量想得周全些。

3

10 月 1 日上午，父亲也不知道在忙些什么，总让我母亲嘀咕。他一会儿清理卫生，一会儿又跑到客厅，一会儿又打电话，魂真不知去哪里了？

我因为脚痛，大多数时候与直播一起激动着，偶尔也跑到厨房看看。母亲或是在炒菜，或正往灶间里塞着干枯的桑树梗，烟气弥漫了整个灶房。她说，柴火灶头烧的菜，有一种烟火气在里面，城里头住惯了的人会喜欢的。

下午 1：45，经过近 4 个小时的车程，安徽省城合肥的亲戚们，终于到了。

我踮着脚过去开车门，扶奶奶下车。

“好远哦。”开出车门，奶奶就嘀咕了一句。小叔在驾驶室撑她手臂的时候，她轻轻摆了摆手，自己移出座位，一把竹拐撑着地，慢慢自己走起。

客厅沙发坐定，母亲已泡好一杯热茶递过来。“妈，来了好了，茶吃一口。”我爹也凑过来说，“妈，这是你媳妇。”

“晓得个，国仙。噶多人，你去忙。”我奶奶口齿清晰，话语简洁通达，颇有气场。

电视里，阅兵式和群众大游行正在持续播放着，国庆气氛浓烈。

屋外的忙碌开始了。

两辆车的后备厢打开了，小叔、姑妈、姑父，大包小包的，一样一样的卸下来，几个旅行箱，一袋袋的水果，一盒盒的特产……门口的走廊上，一下子被东西占领了，俨然搬家的节奏。

我一边帮忙，一边打着招呼。平日只在微信里见面的亲戚，终于真实地站在面前。

厨房里，也早忙着了。

炖了一上午的老鸭煲、红烧肉，一盘盘时鲜菜蔬，青椒毛豆、紫干豆、冬瓜腌肉、芋艿煲、栗子鸡、红烧石斑鱼、溪涧小虾，一一上桌了。

“先吃饭，噶迟了，饿的，来来来，上桌了。”我一边招呼着大家，一边把“王老吉”一一摆上，又把小叔喜欢的土制“五粮液”倒上。

我爹和二姑扶着奶奶过来坐，一边一个坐定。我看到奶奶手里夹着根烟。她抽烟，我得记住了。

“妈，你想我的吗？”坐在奶奶旁边，父亲显然有些动情。

“想你有啥用，又帮不到你。”奶奶的话不多，忒实在。

我走到奶奶身边敬酒，“奶奶，孙子敬您！”

“祝你工作顺利！”奶奶举起杯，看着我，一字一顿地说，接着咪了一小口旺仔。

“家里简单装了一下，还有些未完工。沙发、窗帘、电视机、餐桌等，还是昨天才搬进来的。”我一边敬酒，一边和大家聊着。

“侄子辛苦了。”大家又举起酒杯，说着好听的话，气氛很欢快。我忍不住随机拍了些照片。这些都将是可以铭记的画面。比如，父亲看我奶奶的眼神，我奶奶的微笑，母亲在奶奶身边开心说话的模样。

一会儿，这些画面将出现在“杨府”和“陈家大院”微信群里，接受众人点赞，这里将是亲情的另一种延续。

4

下午，这里就是家的味道了。

大姑、四姑开始在灶头边帮忙，搬柴，洗菜，切菜。2 个姑父和我父亲在一边开剥板栗。二姑、三姑去帮着我母亲铺床。奶奶坐在沙发上看电视，她抽烟的样子，心无旁骛，悠闲自得。

这是个叶落归根的月份，踏实，生动，隐藏着生命的暗语。父亲挺兴奋，带着他的兄弟姐妹，行走在村庄中、田野里。

阳光正好，清风拂面，村庄处处弥漫着乡野气息。栗子林，桑叶地，棚栽大道，稻田沟渠，大堤河岸，父亲在他熟悉的土地上行走，显得格外亲切。走走停停，说说笑笑，摆个姿势，合个影，到处留下了轻松自在的笑声。

在家门口，剥毛豆、腌辣椒、聊习俗、发微信，这些上了年纪的人，快活着自己的快活。在，并且在一起，是多么幸福的时刻。

也就是这些，无声无息地构筑起了一个温情的世界，没有陌生与疏离感，仿佛穿越城市与乡村。亲情，像是端上来的一道家常菜，自然、纯粹而美好。

5

10 月 2 日，父亲突然来电说，要带着兄弟姐妹们来我学校看看。

记得昨天席间我说过，第二天不能陪着奶奶，得到学校值班，没有其他安排的话，也请大家来网红学校看看，顺便吃个饭。

合肥来的亲戚，都是些国家单位里的人，知晓国庆值班的重要性，自然也是通情达理的。没想到，除了奶奶走路稍有不方便没让她来，其余的都来了。

我在微信朋友圈里，经常发一些美丽毕中的图文，自然也是他们感兴趣的原因。

秋意正浓，校大门边，教学楼前，花团锦簇，彩蝶翻飞，似有欣然迎客之意。

“文字很有画面感，让人感觉真实而有诗意。”二姑在“满陇杏语”的景点介绍牌前停下来，和大姑聊着，并一起拍照，她是退休群里的文艺骨干，京剧票友呢。

沿着银杏小道，大家缓步前行。银杏叶儿渐次飘零，白果也黄透了，纷纷跌落。石板路上，小草间，泥地里，满是的。在这里拍照，自然是风景宜人了。而父亲兄弟姐妹这一张鲜活影像，将是我伫立此地时永久的回忆。

不远处是“垂云通天河”景区，这一天客流量大增，为缓解压力，不断有车停到学校里来，有的还停到了新球场上。我不得不去做分流引导工作，就没有陪着，任由他们自由行了。

不知道“潇湘观鱼”的竹林小径与自在闲游的鲤锦，以及“八道拱门”曲径通幽的意境，是否吸引或惊艳了他们的目光。

而“新景阳冈”的中餐，肯定是令人满意的。河溪里的小虾、红丝鱼真鲜嫩，青椒毛豆也不那么辣了，传说中的青椒肉片头一回吃到，十来碗农家菜，光盘行动了。

6

10 月 3 日上午，奶奶弟弟的几个儿子、儿媳、侄子，也来我家，看望奶奶。两大桌子人，好不热闹。

下午，村里沈书记得知我奶奶回乡，也来看望祝福，并一起共进晚餐。

10 月 4 日，还在岗的小叔、三姑和 2 个姑父，先回合肥了。大叔、大姑、二姑和小姑几个，继续留下来陪着奶奶。

我这个婚礼赶场的人，得空，也回去陪陪。给奶奶备条烟，“王老吉”再拿一箱去。我想，有时候，我的不打扰，也是对上辈的一种敬重。他们的世界，有属于自己的空间与心情。

7

这个年纪，更贴近日常，懂得吃麦疙瘩要慢，快了烫嘴，须细细地品，分出南瓜丝的色味，青笋干的鲜脆，麦粉的柔顺拗劲。

这个年纪，更喜欢安静，更容易思考思维层面的东西，比如哲学，看似没有实际用处却很有分量，来安顿自己的内心。

而人生那些温暖，那些温情脉脉，终究会因文字与情感的力量而一直留在记忆深处。

外公外婆

微雨生凉，天空阴沉，远山笼在一片青烟里。山间小道上，人们依旧往着自己的念想走去，一路或无言的怅惘，或明晓事理的安然。

雨一直下着，有时细密，有时磅礴。

1

“外公、外婆那里，我都去上过了。”母亲在电话那头低声说。

不知道多少年，没有为外公、外婆上过香了。从最初的雷打不动的自然和心怀感恩的责任，到后来诸多俗务的搁置，变得那么不近人情的无常，是不是太现实太世故了呢？

记忆久远而零碎，抹不去的是曾经，外公、外婆无限日常的质朴与爱。

2

从记事起，外公、外婆就不在一起的。外公在保安陈家，外婆在乐平里伍，分属两个县，中间隔着两三座山，似乎注定两不相干，老死不相往来——我真没见过外公、外婆在一起的时候。至于原因呢，无人提及，也就无从知晓了。

春节拜年，也是分开了去。“外公、外婆怎么不在一起呢?”小时候好奇，不免会问母亲。母亲朝我看看，摸摸我的头，“小孩懂什么，一边玩去。”又自顾叹口气。

我从小是个乖巧的小男孩，话也不多，外公、外婆又都对我极好，我也就不再多问了。

3

记忆中，外公一点不像典型的农民，人家种田种地，他放鸭子。每个夏天，我都跟着外公。早晨我醒来，枕头边空荡荡，外公早起来了。他不肯叫醒我，他舍不得小外孙这么早起来。他一个人哼着小曲儿，赶着百来只鸭子，下小河，去水田，往溪沟溜，挺快活呢。

中午时分，外公会把鸭子赶到村口的水塘里，洒些秕谷，鸭子们便飞快地逗逼起来。外公自己腾出空来，做点饭菜，顺便来带我玩。

下午，是我和鸭子的时间了。外公会先带我到村口老樟树下乘个凉，午睡一番，也顺带看着他的鸭子。外公敞开衬衣，一手晃着，一手摇着把蒲扇，尽往我身上招呼。闲着没事，他用细竹竿给我做个一根“看鸭梢”，用柳枝扎了一顶帽，算是我看鸭子的行头。我捏着“看鸭梢”，正步走起，装模作样地赶鸭子。鸭子齐整地簇拥着，一边“嘎嘎”，一边蹒跚而行。

水田里看鸭子挺好玩。鸭子“哗”的一声下田了，各自游荡开来。它们喜欢把脖子插入水中，两只鸭爪翻上翻下，玩个够。我也自由了，就捉泥鳅玩。泥鳅滑溜，长得还挺可爱的，嘴那儿有一撇小胡子，一绺带小刺，颜色灰黑。天气倍儿热，我有时注意到翻白了的那条泥鳅，以为死了。外公说，“它在睡觉呢，它们睡觉时有时就这样仰着睡的。”果然，一会儿有其他泥鳅碰到它，它就沉下去游玩了。

外公的好，是那种“任性”的好。早晨醒来，枕头下边一掏，一大把一大把的硬币呢。一分，二分，五分的，都有，好多，好开心哦。那是外公故意放在那里，让我随时取，用于买冰棍的。记得外公身材高大又魁梧，心却是那么细呢。但怎么就没有把外婆套牢呢，我想着，就有一种被娇宠的感觉，相依为命的感觉。

那时候，白糖冰棍才二分钱一支呢。卖冰棍的，骑着个破自行车，后面搭个木箱子，一路沿村吆喝，惹得小孩们伸长了脖子。跑过去，趴在木箱子上，看卖冰棍的大伯打开盖子，再掀开小棉被，透明花油纸，或白油纸里，就是可爱的冰棍了。

外公还让我和村里的小伙伴们玩，他不拘束我。不看鸭的下午，我会跟着大一些的孩子去高山上砍柴。但外公不让我系上砍刀，就让我跟着去，看看树啊柴什么的，长长见识。他知道我乖巧，不担心我的安全，就让我不要累着了就好。

可能是赶鸭子下水多了，后来，外公的脚出毛病了，肿胀疼痛，人就不好了。

我在外读书，也没有回来看望过。后来，外公不行了，母亲也没有通知我。我想躺在病床上的外公，一定是想我这个大头外孙的。我终于未能送送那么疼我的外公。

4

早年正月初一，我和哥哥，都很早起来，去外婆家，赶早饭。也想在外婆还没有起来，我们就在门口叫门，叫“外婆”了。走路去，往云头、西华、贺州方向，翻过“狗爬岭”，就到了乐平地界，就不远了。哥俩一路小跑起来，追着闹着。

每一次，都是外婆在家门口笑盈盈地候着我们。接着，锅里就下鸡蛋了——因为小外孙生日啊，外婆记着呢。人家生日是白面鸡蛋，我们就白糖鸡蛋，待遇不一般。“多吃几个，有呢。”外婆总是看着我吃五个以上，她才笑呢。

我那时心里就特别温暖。我会对外婆说：“大了，我开轿车来接你哦！”外婆于是逢人便说：“我外孙大起来，开轿车接我玩呢！”

外婆性格倔，后来与舅舅分开，一个人住一个小屋。但她并不觉得孤单，样样农活自己干呢。有我在的时候，她始终是快活的。她带我走亲戚，她的脸上都是笑的，逢人便说：“外孙考上重点中学了，聪明！”

她带我挑着我父亲的篾货，沿村走卖，也不觉得累。人家问我：“这是谁做的？”我就回答：“我师傅做的。”外婆就十分高兴地笑了，一路夸我聪明呢。

外婆终于没有等到我开轿车来接她玩，故去时，我已在山里教书了。连续陪夜，我都坐在外婆身边，一点都不害怕。我还好几次去摸她的额和脸。

那个下雨天，一路泥泞。我不顾舅舅的反对，宁愿淋湿全身，挑几担砖上山，给外婆做塚，也终于能一路送行，泪水与雨水混杂在一起，我内心有无限的悲痛。

现在我最好的作品就是我的思念。

谨此怀念我的外公、外婆！

年川大舅

从未到过如此偏远而静寂的小村庄，确切地说，是现实版的山坞，就像嵌在峭壁间，上面是各种树草，天空在老远的高处。一抬头，心就觉得小了。

“年川”二字，刻在村口宽大的牌门上，大概是村子的名字，多少显了些气派。只记得，从千岛湖出发，不知走了多远。山道弯弯，几乎没遇见什么车。

这是我第一次上大舅家。据母亲说，多年前，家里苦得厉害，大舅来此入赘，几无联系。没想到，今日已是诀别。

接到阿姐电话，我与母亲联系，她不会坐车，我在假期又没什么事情，就我去。心里回忆起见过一两次面的大舅，蜗居在大山里的大舅，年轻时候被很多人誉为“李向阳”的帅大舅，不禁心酸。

与阿姐、姐夫在千岛湖大广场会面，然后去接表嫂——大娘舅三儿子媳妇，竟然听到了更不幸的事情。一周前，大舅即将上高中的孙子在家里服药，抛下那么爱他的亲人，顾自己享福去了。

据说是与同学打赌，考上学校，给一辆自行车，但这车来路不明，被派出所查了，人被叫去，吓到了，受不了委屈……

见到表嫂，她正无力地靠在女儿身上，已没什么人样。看上去无比憔悴，随时要倒下的样子。几乎没吃什么东西，不时地恶心干吐，就靠点矿泉水支撑着。

怎么也想不通，那么乖巧可爱的儿子，就这样没了。人还未还原过来，这边又出事了。表嫂真是痛不欲生啊！靠在女儿身上的样子，看了让人心碎！

仅仅不过一周，大舅又遭不幸。

话传过来，说是大舅去采粽叶时，不小心从山上滚落。全村人上山找了一夜，第二天才在村脚不远的山沟里找到，人早已不行了。

后来我站在大舅滚落的对面，陡峭的石壁山，杂草灌木丛生，人很难站稳。不知大舅是怎样的身手上去的，但为什么要上去呢？

坐下来，气氛沉闷而悲痛。沉默中，有人低声说，大舅人好，脾气好，尤其对小孩子好，那么慈祥；就是喜欢点麻将，有时候不输光是不肯回去的——人谁没有点爱好啊，谁没有点脾气性格啊，这又有什么错呢。

可惜的是大舅再也不能在人间享福了。两个月前，大舅肺气肿，昏迷八个多小时才抢救过来了，亲人们没有在乎钱啊，六万多的花费，不就是想让大舅再享享福嘛！

前些日子，大舅还到柯桥姐那里住了几天，姐夫还安排了大宾馆让大舅住了一夜。再前些日子，姨娘们轮流请大舅吃饭呢，一切的一切仿佛就在眼前。

看到大舅母满头银发，噙满的泪水，禁不住紧紧握住她的手。经介绍，才知道我是谁的，她拉住我的手，竟大哭起来，其他亲人也哭成一团了。可能感怀大舅家里来人了那点温暖吧。

送大舅上山的路，仿佛在天上。路小又窄，泥里湿滑，天气闷燥，衣衫全湿透了，久久地站着，眼角里噙满着泪水。

那么高，放眼望去，小山沟里的村庄远在底下，屋舍错落，多是新的，想必沟水也清凉怡人，大舅原来一直在仙境里住着呢，并且一直很踏实，很享受。

本来计划送上山就走的，但我们都自觉留下来吃饭，哪怕是我们从没有吃过的用面盆装菜的饭席。席间，大舅妈还给我们倒雪碧，叫我们多吃点，还要赶那么远的路。然后我主动地留下了手机号码，给大舅的儿子、女婿。我想让后辈们的联系，成为对大舅的最好记忆！

大舅一生住在大山里，最后落脚在大山顶上，祈愿大舅在那边麻将风头疯好！

我的大舅！

囡囡记 A

囡囡是我家小宠，贵宾犬。

夜里值班回家，开门有了点声响，囡囡早已蹲在门边，“汪汪”地叫开了。你还在脱鞋，她就扑到你身上，缠你裤脚，头一个劲地往你身上蹭，一下也不肯歇。你摸摸她的头，她就地一个翻滚，又蹭上来。弄得你只好抓着她的脚，抱住了它，她才温顺起来，大口地喘气，用脚顺顺头上的毛，歇停下来。

再往里一看，不得了——近处两只小东西，唧唧缠着，叫着，爬着，想必是找奶出了铁框的。楼梯口那一只，落了单，独自爬着，因为还没有开眼，也就没有什么方向感了。还有一只呢？客厅、厨房、卧室、洗漱间，到处找，都没发现。想打个电话问问，是否别人预定，已经抱走了。

这时，听见哪里有了叫声，是茶几下面有了响动。趴下去看，呵呵，原来还有一只夹在底下，肥肥胖胖的身子转不出来了。我趴下身去掏，扯着了她的后腿。囡囡在一旁默默看着，等着。

终于掏出来了。我把她们一一放进铁框里去。囡囡也跟着进去了。

我放心了，自顾去看体育新闻。

突然，那边，“咕噜咕噜”地叫起来。可怜的囡囡，站立着，痴呆地站立着。整个身子不停地抖动，有一种被强撸的震颤。那四只白胖的小东西，还未开眼，却近乎疯狂地往囡囡的肚子下面钻着，抢着，咬着她瘪垂的奶子。两只已咬着了，另一只趴在她们的身上，还在钻位置；靠右侧的那一只，使出浑身解数，蹬着两腿往前蹭，脚蹄子都顶出了铁框去。

惹得囡囡生疼，那是一种撕裂的痛。她移动了一下身体的位置，长长地吼了一声。

穿越良心的最后一道防线，一切无能为力，我似乎能听到自己嘭嘭的心跳声。

一开始，囡囡的目光就呆滞，表情疲惫而平静，但又带着近乎无可奈何的绝望。她眯眯眼，身形单薄，看上去，似乎没有任何温暖的抚慰和幸福感可言。要知道，只要她在小东西们的身边，就是无休止的被咬住奶头；一天下来，精疲力竭。

这一幅画面，堪称经典。来“看图说话”，微友们表达着他们的发现：

“伟大的母爱”“本能”“疲倦”“痛苦”“舐犊情深”……真不错，好心的他们有各自的关怀，谢谢理解。

小东西找到了各自的奶嘴，也就相对平静了。囡囡也显得不那么痛苦，她开始舔它们，她会把它们的屎尿都舔干净，难怪四个小东西都白白胖胖干干净净的。

恰似还原了生命的初心，四个字：舐犊之情。

后来，我吹了个口哨，囡囡就懂了。她抖了抖身，走出了铁框。我开始剥枇杷吃，我一口，剩下的给她，也让她换换口味——她喜欢吃水果。苹果、西瓜什么的，她都喜欢。这时候，囡囡是有期待的。她笃定地站着，仰起头望着，等着。你伸出手去，她张口就舔个干净，有滋有味地吃起来，再仰着头望着，等着。

我们给囡囡一天添四个鸡蛋的伙食，外加一条鲫鱼，也抵不上四个小东西的欲望。她们亏欠的，只能是囡囡的母性与苦难。

囡囡真的累了。她已经八岁，相当于五六十岁人的年纪，生的又是第五胎。

看我不再剥了，她就躺了下来，自顾睡了。这时候，她才卸下了身体里的疲惫、泪滴和卑微，像随风飘落的黄叶一般，悄无声息地回归大地。

那么，好好睡吧。我关了客厅的电视，往自己的房间走去。

囡囡记 B

女主一夜无眠。

外面下着零星小雨，女主还是决定带囡囡回家，给她洗个澡。临产前，让她清爽安静点。女主又给她铺上了几件棉质的衣物，尽可能地让她躺着舒服些。然后，再放几张尿不湿，静静地守候着她。

分娩前的囡囡，处于极度的不安与痛苦中。她靠墙躺着，伸长了舌头，喘着气，全身不停地抖动。有时还伸长了脖子，好似扼住喉咙般的喘气。有时她又站起来，来回走动，再躺下。

就这样，她熬过了十几个小时。女主陪陪歇歇，也紧张了十几个小时。早上九点多，第一只终于在微信视频里看到了，还有第二只，第三只，第四只——三公一母。

厉害了，我家囡囡，就欢喜你呢！

一进店，或是你的电瓶车在外面停下，她就有感应似的，迎出来。屁股扭起来，头往前倾，整个身子摇起来。那撮尾毛摆动起来，翘翘的，细密的，煞是好看。左脚搭上你的裤腿，放下，右脚又搭上来；跳开，不停地翻腾，跳跃，围着你转。你慢慢地摸摸她的背，她的肚子。她咕噜躺下，翻个身，肚皮朝上，两脚凌空，上下不停地摆动，很享受的样子。一直到持续两三分钟时间，而且要你抱着她，轻轻地梳梳她漂亮的毛，拍拍她的屁股，她才肯歇气。

真是贴心囡囡。

有时候，店里有顾客，就更逗逼了。缠着你，跟紧你。直到你说，好了，好了，去玩吧，她才收敛一点。从你的身上下来，慢慢扭着屁股，蹲到桌台下面，她自己的窝里，自顾玩耍。她会用爪子搔痒，节奏很快，很满足的样子。

过不了几天，就得带她回去洗个澡。贵宾犬与其他狗狗，没什么两样，都是极顽皮的。带回去，一进门，囡宝就乖乖地，径直去卫生间，两脚掌并排，蹲下，抬头朝你看，也不叫，很规矩的样子，看不出有丝毫的不耐烦。洗完澡，她就跳到你脚边，或是跳上沙发，千色色起来了。也许她已经习惯了这一切。家，或许是她最感安全的地方。

她甚至听得懂人话，你说，带囡宝回去洗澡。她就嘟，嘟，挪到你脚边；然后开始不停地叫，不停地叫，直至跳上电瓶车，在踏板上来回转。看女主上车了，才歇下来，很认真地迎前张望。

囡囡大约七八岁光景，就贵宾犬而言，已是中年了。有三四岁小孩子的智商，是晓得点事情的。譬如，我和媳妇一起出店，她就开始叫了；一两声，然后待在门口，伸直脖子，盯住我们可能的去路。她会觉得没有希望，但她很努力，走几步，又走几步，仍然是伸直脖子，仰起头。有时候，很耐烦了，又拗不过她，你不得不妥协，看她一眼，你就心软了，也就不怕麻烦了。

我就怕她坐在车上的鬼相道——无论谁抱，她都是要坐到前排的，还要张起头，而且姿势不停地换，一点不安生的。而且在你身上癫来癫去，会有很多脏点点缀你的衣裤，你会觉得有点烦。

她最喜欢的是你带她去溜。你拿好装备，去踢球，她马上跳上电瓶车等你了，摆出一副踌躇满志，又志在必得的样子。记得也是拗不过她的情绪，有一次带上了她。叫天了，你在场上跑，她也跟得起劲，跑到你前头去，惹得球友们都笑起来，停下来，逗她。她就更来劲了，自己满场地窜。你说这球还怎么踢呢！

你带她到江边去溜，她倒是蛮乖的。抢前跟后，鼻子带路，触感各类美味。你“嘘嘘”几声，她就跑你身边来了，逗逼几下，又跑开了。冬日的午后，阳光和暖，和她溜溜，趣味良多的。

这已是第三代囡宝了，而她自己也已经生了三胎，十四个子女了。有白色的配种，也有灰色的，都是惹人爱的。自己的狗粮自己差不多也赚着的。

今年她起潮，我坚持不让她去配，再一次受苦，这么大年纪，该让她歇了，免得又受怀孕、分娩之苦。现在的女人也只有二胎嘛！

在我们家，囡囡是富养的，什么都吃，不会因狗粮而单调。去外面吃饭，总给她带点什么回来。她特别喜欢吃肉，吃鱼，一盒饭，拌拌各类鲜货，她吃得津津有味。这时候，你只要走到她的饭食旁，她的毛就会顶起来，“吼，吼，吼”，凶你，女主也不会例外。吃饱了，她就躺到窝里，舒舒服服地睡，很惬意的样子。

囡囡也是喜欢打扮的。你把她的两只耳朵上的毛染红了，或者冬天穿上衣服，她就特别粘人。跟洗完澡一样，耍酷卖萌的，一个劲地往你身上凑，直至你抱着她，摸摸她，她才安稳——完全是女人的秉性！

囡宝也是受得住寂寞的，一个下午，她蹲在店门边，很虔诚的样子——等待与守望，和开店是一个心情。晚上，她会先在我的床头边躺一会儿，然后，又踱到女主那头躺着。等我们都歇了，她才回自己的窝里睡去了。

囡囡，宝贝，有你，又有了另一个美好的世界，真好！

第二卷　树的叶

每一片叶，我们都认真对待。树的叶里，隐藏着“生命的密码”，仿佛被时光注目了一般。蹲下身子，仰起头，倾听，回应，尊重，唤醒，千回百转，蓦然回首，只因那一片树的叶。

大　树

十年树木，百年树人。

校园，有那么几棵大树，几十棵大树，参天耸立，风雨兼程，荫蔽着校园的每一处风物和莘莘学子。那么，我是否可以这么说，这样的校园，一定不会湮没在历史的尘埃里，反而会在时光的轮转中，瞬间就能把沉淀已久的记忆，和传说着的故事，一一讲述，并生发出新的活气。

譬如，我曾就读六年的“桐庐县分水中学”，沿着几十级台阶上去，就见那些古木，那些伴读过唐代状元施东斋的参天大树。就说四合院至教学楼间的那棵老槐，树形庞大，遮天蔽日，蔚为壮观，不同凡响。它的枝干如同无数巨蟒纠缠盘绕，四处爬伸，似前呼后拥的王者，吸天地风云之灵气，使人望之而心生敬仰之情。

又譬如，当地人称之为“美院”，建校于1958年的“桐庐县毕浦中学”。那些年，那些校门边、围墙脚、操场上的大梧桐，后山一大片的老松，教师宿舍四周齐整的水杉，教学楼前的柚子树和桂花树，操场下的几十棵银杏，还有长青玉兰……

多少个青春记忆，就落在大树上，附在叶片里，停留在某个孤寂的角落。那么，你是否愿意，以谦卑与善意，走进毕浦中学，那些大树和我们的生活。

走进高阔的校门，往左，就见四棵水杉，静静地伫立着，足有五层楼高。初冬的午后，你看，零落的枫叶红，与渐次光秃的枝干，愈发显出它的苍劲挺拔。它们舒展着岁月的轮廓，苍老在斑驳的唏嘘里。

第三棵，稍显低矮，也有三层楼那么高，但似乎被大雪削去了顶，枝干叶乱舞于空中，也足见其英气。

从食堂走出来的少年，偶尔会抚摸树干，抬头仰望它们，“哇，哇”，忍不住地惊叹，这不就是历史与现实的交响吗？

周边的几十棵玉兰，大小不一，或独立寒秋，或穿插于大树之间，枝叶由翠而黄，也有不小年岁了。

而零散的桂花树，亦历经了几番风雨，几度惹得众人芳香醺醉呢。

文化礼堂通往求真大道的小径上，有一棵老槐，似虎卧龙盘，让人不由得生出某种敬畏——学生流水一般，被船渡着，而它们依然在这里，静静地，拥抱天空，尽得天地风云之气。一脉树根裸露在泥地，几十米远。枝干曲折交错，一支舒展至竹林间，另一支则张牙舞爪般伸向球场，枝叶触手可及。连木架回廊都不得不避让它。而因此，新建的仿古回廊又显得格外引人注目。这种互相映衬，在这里是常见的特质。

往球场拾级而上，是长长的上坡路，一直通向男生宿舍，两排水杉，掩映其中，尽显古木森森之幽静。灯影婆娑，男生夜读归来，过教师宿舍后杉林，转到此处，很少出声，暗夜里，平添了几分静谧与雅意。

后山的松林，居高临下，与围墙外的毗邻而成气候。它们本来就用不着人养，在大自然中活得风生水起，姿态高远，悠闲自得。

暖黄占据树梢，等风归去。银杏是秋后校园真正的主角，也最为风光。往操场台阶下，石坎之外，或校大门右拐，往操场方向，就是银杏大道。

“似孤傲的黄蝴蝶，轻灵地曼舞着，连风儿，也不忍轻犴。”

“突然，一片叶儿飘落我的肩上，我顺手接下，仿佛触碰着的是生命，我把它拥在掌心，然后它会夹在我的书页中。”

“柚稚文学社”的孩子，也仿佛有了魔力，笔端处，一些清新鲜活的词句跳跃了出来。

大课间活动，师生们都愿意，往这边去操场。走一走，多看一眼，也是美美的，不是吗？阳光映照着，疏影婆娑，风裹着叶儿，人踏在上面，也暖暖的。

是否，你也感受到了几分浪漫气息。

而我最不忍直视的，是行政楼前的那棵石榴树，那么多人惦念的一棵树。枝丫被压得劈折了，裸露着白生生的内质，如人的白骨被折断的模样，一样地惊心动魄。树无声，可是你完全可以感同身受它骨折的疼痛。

其实树活得比人悠闲，不担心生计与死活，整个在风里雨里溜达，调情撒欢。在这里，做一棵大树，恰如名与形，皆是天地间一微尘，在人身边活下来，都是一番境界。

一棵大树，那就是一位老师，可以毫不夸张地说，它就是智慧与伟大。我愿意，一直对大树，保持一份谦卑与敬畏。

银　杏

办公室窗前，有一排银杏，三层楼那么高。每天一抬头，一推窗，就能看见。青涩，洗练，绚烂，或是光秃，你的心里，渐渐沉淀了岁月，见证着它们的水木年华，也成就着不一样的自己。

12 月初，银杏就极尽了奢华，收敛了心情，零碎的叶片在冷风中摇曳，让人顿觉凄凉，如梦一秋的银杏，正如生命的绚烂与短促，不经意间落入了俗套。

银杏，俗称“白果”，核皮纯白如银，核仁富于营养。据说是有花植物中最古老的，但记录或赞美它的极少，这多少让人觉得不解。郭沫若写过一篇《银杏》，“你的株干是多么的端直，你的枝条是多么的蓬勃，你那折扇形的叶片是多么的青翠，多么的莹洁，多么的精巧呀!”郭沫若的赞美丝毫不过，但整篇抒情性太强，吾等拙人读来也索然。

但秋的况味，培植了银杏最璀璨的一生。无论怎么描述，它的纷繁与绚丽，终是回味无穷的。像我这样一个忙于俗事、疏于亲近自然的人，实在说不出它的完美来。

我跟学生说：“你们知道，学校最美的秋天在哪里吗?”学生思考着，接着议论纷纷。其实他们知道我说的是一处景色，只是平日里，不觉得风景与己有关。我把图片打在屏幕上。

“哇哦，太美了！”

“是在我们学校吗？”

“老师，我知道，我知道，在您的窗前，老师。”语文课代表突然说。

仿佛此刻，窗前的银杏就是校园的一切。你每一点的踌躇，每一回的徘徊，或是每一次的讲话或发言，都浸润在师生的内心，给你鼓励与激励，忘记年龄，只归属于心安。

银杏的世界，其实与我无关。但每一天，我都会久久地站在窗前。困惑了，迷茫了，每一个变化着的时光，站着，沉思着，心也静了。

我不会忘记：金黄的银杏呈现的那么简单的快乐——整树，整片的；树上，地下，都是秋，整个世界都是秋的色彩。散落在泥土里的，款款深情；在秋风中飞舞着的，青春无敌。你站着，看着，就忍不住地喜悦，无比的喜悦。就像你在海边，海水漫过你的膝盖，你的胸，你的脖子，然后你牵着爱人的手，自由向远处游去。

几个值日生走来，哪忍心来拾撷你片片凋落的心，只是默默地，用手捧起，很虔诚地放下，放在根部，就呆呆地看着，期盼你的重生。

不远处，停车的老师，也驻足欣赏，并拍下喜好的造型，在微信上晒晒，骄傲一下自己的校园。

也有随性的老师，带着孩子们在校园里采风，把大片小片的都采了些去，在上面创意涂画或写下心愿，还原了你落叶无悔的性格。

让我也来好好看看你。噢耶，每一片叶子都抖动着秋的色彩，你的搭配方式也足以让人感到温暖，一片片，有层次地让人仰望。与众不同的是，五六米之上，你有分叉的喜好，兄弟般的一直向上，向上。

你太男人了，腰杆挺直，清俊奇秀，似一个西装革履的绅士，低调奢华而正直。

你也太女人了，细雨冷风中，缩起身子与嘴角，顾自怜爱。

我却在迪克牛仔的歌声里，时常回味你的矜持与沉静。望一眼你的每一个春夏秋冬，我的心情始终如一。

我怎么就敢写你们呢？一直不敢的。

也许趁着微醺，也许我太爱窗前的你们了！两两并排，枝繁叶茂，常被误认是两棵。从低头，到仰望，如今整十年。

寻寻觅觅，校园最美的秋意，始终是你那标志性的一抹金黄。

随风摇曳，或雨中静谧，你仿佛天生与我并肩而战，不计较有多低多俗，愣头青似的，伫立于此，如同我的陪伴。

清　泉

今日大暑，正是上暑下蒸的日子。适逢值守，心念一处清凉，径直往“潇湘观鱼”走。

去日良久，稍有疏离。石间小径，枯叶铺零；竹影婆娑，清风去尘。石凳石桌，略显高冷；石砖青瓦，亦有风尘。

不远处，一汪池水，静等闲人。

一眼就见欢喜。

池水竟漫上了正中沿出的石板间，轻轻地晃荡着。几片枯叶，亦随波漾着，在石板石壁间悠然。大小石板，干渴已久，往日泛着白光，此刻清凉上身，滋润得不行了。

夏日，山泉自涌，如此排场，并不多见，让人心生欢喜。只看看，是不过瘾的，索性脱了鞋去，踩踩水也好。

池水比平常要清澈得多，尽管面上还飘着不少浮叶，亦可见小小锦鲤畅游水底，它们新奇而又兴奋着，才不会睡懒觉呢。那几十多条大的呢，还未现身，估计到中午时分，才会冒出来，觅食，追逐，嬉戏。

我蹲下身去，用手拨水，一池水似乎都被唤醒了，一波一波地荡开了去，听得石壁缝隙间叮咚地响。叶片也十分听话似的地，往边上散去。池面一下子清朗了许多。我兴奋起来，用脚不停地撩着，淌着，水面泛起了一层一层地水晕，涟漪四起，波光粼粼地，煞是好看。

夏日即景，画面清凉有趣，可以分享一下。我这样想着，就把几个动作，又试了试，拍了照，放到教师群里。

我站在水边，好一会儿。真想赤了膊，跳下去，游几圈，那是什么滋味呢。热浪渐次铺陈过来，纵使山林荫蔽，风有语，亦是无处躲闪。跳将下去，怎一个爽字了得吧；又或者，哪怕是蹲在池水里一小会儿，也好。

真是一汪清泉，扑面而来的好水啊，似有夏日瓜果的清香，而且干净、清凉，独有一份静谧。

它是我现在触手可及的事物，我没有错过。它与己有关，也与这里的师生有关。

饭后，总是有人，三三两两，踏着小径寂寞的石板，踏着那一抹树影斑驳，揣着想从纷扰中闲出来的心情，倚着石栏，或静伫池边，小声地说话，逗着锦鲤，笑着，乐着。有时也递根烟，熏染这时光。

或是，拿个画板，选个角度，蹲着，守着，一根线条，一处描摹，都成了静谧而生动的画面，不怕被惊扰了。

亦有见一女生站定，一吐语，一扬指，“潇湘观鱼”便传成了“网红”。

痴一池烟雨，守一处净土。

称之为“净土”，是因了这一地，处大排山腰身之下，维系之重，而独有一方清泉，汩汩而出，从不间断，汇小流而生。山有仁灵，水亦有智，即风水之地也。

我想，我大抵是偏爱山水，也喜欢夏的。尤其是夏日，那一汪清泉，张扬的是自然与野性，蓄积的是纯净与温情。

柚　子

1

九年级教学楼前，有四棵柚子树。

立冬的这一天，第一棵柚子已见黄。伫立树前，或从二楼办公室探出头，谁都忍不住多看几眼。要是雨后，柚子圆浑的小臀沾着晶亮的水珠，木木的本相，平添了几分盎然生趣。

第二棵最亲民。低矮的枝叶及腰及胸，柚子触手可及。人入其下，色诱难忍，少不了摸一把。细密规整的纹理，绵柔的质感，让人心生好感。当空一个，或两两成双，或三五挤着拥着，像极了各色的乳房。或圆润饱满，长硕坚挺；或小巧紧致，玲珑俏皮，既惹眼又馋人。

面对独个当空的柚子，二班对窗的同学，课堂上，你是否会时常走神？

“第三棵最好吃。”班主任李波说，他刚从操场走过来，“我家的那位，初中在读时，这棵树就在了。”

李波眼里好吃的这一棵，树开两三枝杈，似青鸟舒展开自由的翅膀。满树的柚子，全青青的，未见黄，已是诱人。当空悬挂，疏密有致，极目之处，遐想翩翩而至。

第四棵，在楼道口，操场边，树形小而纤细（有时候，纤细比粗壮更有力），看得出树龄不长，向上生长的姿态不错，已结了不少黄敦敦的柚子，有种少年初长成的茁壮。

“那边树下有一个掉落了。”有人惊叫了一声。这是些客人，来这里参加杭州市农村初中英语教学研讨活动的。课余，三三两两，结伴而行，随走随拍，自是美不胜收。

落地的那个柚子，圆浑处沾了些泥，还未完全转黄，怕是枝干架不住分量，自行脱落的。洗洗，放在讲台上，也清爽飘香的。

“可以摘一个吗？”我笑笑，她也笑了。美的风物，尽量让它更长久些停留，多一双欣赏的目光，也是好的。

“这里，没有人会自己去摘，橘子也一样。”食堂外侧，橘子园里，满树满树的，看看，比吃还味道。

2

梧桐，是这里的常住民。沿着围墙，就有一排。一进校门，右侧也有三棵。

“把它们剃剃头。”学校花匠朱师傅说，“梧桐叶子多，打扫不容易，每年剃一次。”

但操场边上的那一棵，朱师傅是不忍剃头的。即使剃，难度也相当得大。它太高太茂了。从“求真大道”一路上去，转操场，就可以见到它。空旷的场地里，有那么一棵树，卓然傲立，一副遗世独立的风骨，令人肃然起敬。

“酒阑人散忡忡，闲阶独倚梧桐。”初冬，风已料峭。青黄相间的叶片，簌簌地，一阵阵地飘零。我像喜欢在梧桐树下想心事、发感慨的晏殊一般，坐在 85 届初三（一）班赠送的醒椅上。

风摇曳着枝叶，呼呼的响，独自坐着，恍如世界是寂静无声的，而我，一个人在旷野上奔跑。

“斜日更穿帘幕，微凉渐入梧桐。”是的，遇上暖阳普照，斑驳陆离间，孩子们从大课间活动下来，总喜欢围在这里，坐一坐，挤一挤。有那么几回，老梧桐注意到了少年们羞涩的表情。

如今，它依然静静地站在这里，年复一年，慈悲地荫佑着这里的每一个人。

3

从操场台阶下来，是一棵令人惊艳的银杏树。在高高的石坎下，在科技楼木栏内，它横刀立马，就挡在路中央。没想到，它居然这么大牌。

谁也不忍砍了它，即使它真的就在路中央。它当然有自己挡道的资格。它离银杏林确有一定的距离，但不远，也算是连着的。正如老梧桐般卓然伫立。它最大的魅力在于它的独立与智慧，在于它的精神性感。叶片儿中间略青，上头与两侧见黄，在初冬微寒的风里，自由地飘零，满树满地的金黄。无论何时邂逅，俨然成了孩子们最重要的生命邻居和精神伴侣。

谁也不忍扫了它们。

它们自由而优雅地飘，缓缓地贴近地面。它们会抬头仰望曾经的家，或牵挂，或不舍，终至泪眼婆娑。它们的身体与泥土是那么的亲昵，你仿佛可以在时间的河里，触摸到它们的灵与魂。

4

一条路，正从密可示人的地方开启。

“隐”在操场的石坎下，一幢教学楼的左侧，靠围墙的地方，隐在初冬的最深处，在悄无声息中保有自己的天地。

有声，有色。有形，有迹。

许多个闲暇时光，我，或他和她，从这里走过。在寂静中，听稀疏的雨声与黄叶若有所思般地旋转着落下，细小而繁多。

偶尔，风莫名地肆意而来，上下左右，银杏叶铺天盖地急雨般落下，地上堆积的叶片旋舞起来。我卷在风里，卷在落叶里，就仿佛我是风的一部分，就仿佛我是一枚落叶。

大多数时候，可以静静地，坐在树下，长长的木凳上，看书，聊天，用手机或单反镜头捕捉，摆造型，等待——银杏大道，那一枝枝一片片初冬的金黄。

静寂中，我走过历史的尘封，将一段段时间接过来，再传过去，像递送一些尚未熟透的柚子。一棵银杏，抑或也是你的记忆。

满陇杏语，梧桐醒椅，橘色生香，潇湘观鱼，八曲拱门，文化礼堂……

醉美毕中，我在这里，你在哪里！

榴　花

四月，又见榴花。

石榴，落入俗世的那颗种子，不挑地，校门口，窗台下，屋后，街巷，随处安生；往高处长，青枝摇曳，蓄势待发般，长成百般模样。又似吃百家饭的匠人，用辛苦与年岁，在最简中开启自己的生命旅程。你留意了，它会在不经意间，绽放所有你想要的。

1

这个周末，晨间的无比慵懒，把窗外那张零乱、细碎的雨脸，萌入了梦幻而静谧的意境。那石榴，不似冬日的冷寂，青青有了绿意，不经意间成了你生活间隙温情的符号。一夜之间，它就开出了几处碎小的榴花，掩藏在枝叶间，拨动你的心弦。你在意或忽略，它都在那里，从脆嫩，清亮，绯红，直至老去。

若有心，我们就不由自主地落入了自然、时令和情感的俗套。但我们愿意蹲守，并且愿意重新回归，注目你一季所有的样子。

2

耽于工作而忘记生活的人，此刻惊喜地推开窗。我说：早安，石榴。第一件事是想看到你生动的姿容，红润，阔亮。前院青枝蔓溢，暴雨来临时，风终于大了，你的魅体浑圆的弧线在孤独中摇曳。依然独自的几个：硬挺个大的，紧贴窗台，张望；单个脆挂的，悬在细细的末节，炫耀。你的笑容穿越雨季，藏在叶间，调皮的，羞涩的，怕被忘记，无须有人与我同行同思。

3

那么，请允许我，下到阳台，对着一棵石榴注目，找寻几抹火红中可能的阔亮。小区的风，将我带回五年前的那个下午，植下家的种子，用双眼和心灵温暖、滋润和拥抱。五月的清晨，这一棵结有几十个火红小果的石榴，用简单且笨拙的方式，那么惊喜地观望与宠爱着我们。

4

就拳头那么大，那么硬，也坚持握成一份爱，石榴，如同在纯净的天空，抱成团的那簇云，把你扯进硬邦邦的故事。那些简单的爱，一个个藕断丝连，某个时刻就沿着石榴的心房，再一次把你带回到花期，把大地的石榴统统打开，扯出石榴的花色，一瓣瓣慢慢变红石榴人生。

5

石榴满枝，全想摘吃；就几零挂，有味有滋——即是物欲横流，甚嚣尘上，吾必独善其身，自得其乐。

6

细枝悬一榴，当空独自秀。风雨本无情，却上我心头——环境熏染，独立精神，终于自己做了最好的决定。

7

立秋日，雨后的天空格外蓝。清凉的微风拂进床边，一抬眼，隔着窗子，那个石榴就那么生动地摇曳在细枝末节中，阳光暖泄，青枝蔓逸，特别喜欢。每天，它就第一眼的出现，从柔嫩的冒芽，青涩的小果，到眼前的红皮大咖，总忍不住拍它几个小样，如夏日球场边的青草般，大汗淋漓或是异常曝晒，都深入到闲暇的惬意中。

8

晨起枝头不见榴，院落四下忙寻求，但见头榴泥边破，我意惆怅无法说——物象万生，各有天命。珍惜拥有，活在当下。

9

无端地，变身窗外悬空的石榴，在枝展的末节，沉淀起岁月的面孔——皮身莩糙，无甚味道。灼热中，无风拂过；暗夜里，心有闷扰。细寻雀儿悄悄，难掩个中情调。

热它的，躲开去，躺着凉，顺便弄点吃吃，盐水毛豆，清炖土鸡，笋干黄瓜。

一日荡了。

10

天色渐暗，大地微凉，我的仨，已经爱上了寂静的石板。草木摇曳，秋风徜徉，谁在打消满怀的悲伤？轻轻地，搁在书架上，见证你曾经的阔亮，我久远的怀想。

石榴，亦见人生。

地　莓

沉默之中，被敲中心扉的那一下，且当作是山风、溪水与地莓的手笔。

——题记

雯雯在微信里说，后坞坪有大片的地莓，这几天去，随时随地都有，个头大，而且甜。

周末天气好，交通方便，又有闲，约起来。中午在“联盟排挡”吃了农家菜，经百江、奇源、苧坑、乐明、罗山、松村，一行五人往后坞坪进发。

一路村庄招牌醒目，别有文味，不负美丽乡村之名。山野满目青与翠，足见初夏的蓬勃。奇源靠上，则见红叶石楠侧立道上，树形高大，红叶满地，难得一见，让人印象深刻。

穿行一长段狭窄的山路，桑田竹林，菜园野花，不见几户人家，抬眼便是高山。山脚已有几辆车歇着，看来这里“生意”不错。路边一米多高的梯田地里，野花点点，就见不少连片的地莓。我们提了小篮子，弯下腰身就摘。那么多，那么大，已觉不虚此行了。

采摘之类的活儿，女人总是有经验些。她们随手摘个青叶，交叉铺在篮底里，红润的地莓在里头一放，就觉得那么美好。

已是午后一点多了，山上陆续有人下来，各有拎着满筐地莓，或几筐的。“来，吃几个起”，熟识的、不熟的，都挺客气。小孩们也拎个小的，走一下，站一会儿，又挑几个大的吃。薄薄的汗衫下，肚皮鼓鼓的。

“上面的好呢，大，又甜。”有个女人走到身边，满额头的汗呢，她笑着告诉我们。她的篮子里堆成尖了，果然大颗。我往篮子里拍照。手机里显示着，地莓超大粒，色泽红润，看上去就馋人。

往上行至香榧基地，又有近十辆车停歇，有不少是外地牌照的。再往上走，一直往上走。山涧溪水潺潺；密密的竹林随风摇曳；桃树低矮，伸手可及，桃子青青，已缀满枝头。

抬头往高处望去，几面斜坡顶上，有不少微动的人影。左手面的山也好陡啊，一簇一簇的地莓就在眼前，还是不敢上呢。各种丛生的杂草刺，青石地皮和雨后松软的烂泥，几乎没什么可以攀上去的立足点和路线，难度也大，甚至危险。难以相信，那些香榧树是怎样一棵一棵被种植上去的。

天气闷得紧，走得热起来，一下冒汗了。我的左小腿，还被困在一种焦灼的情绪里。因为没有预热，两周前一次比赛，这个年龄禁不起运动折腾，肌肉拉伤，一直静养中。我只能望而却步，擦着汗，抬头注视着上头。

山雨欲来风满楼。这时，风大了起来。接着，微雨密密而来。山上有人已在惊呼了。雨来的有些突兀，让人有些措手不及，我赶紧地，往下撤，也正好给了自己一个充足的理由。

侄女佳佳跟着我，手里提一只篮子，里面盛着几只手机和车钥匙。奇了怪了的是，撤了没多远，就那么几分钟，雨，又停了。高山中的天气，真是难以捉摸。我们在不尴不尬中，索性回到山脚。各种飞蚊已惹得满脸的不爽，好在底下的溪水清凉干净，洗洗去了。

车停在路上边的开阔处，这里有三间农舍。靠近路的那一幢是个二层楼房。外墙粉刷已有不少脱落，里面的红砖大多露出来了。看得出，主人已长久未加整修了。

大门边的屋檐下，一条长长的木凳，坐着一位阿婆，满脸皱纹，头发花白而松散，着一件灰色棉衫。长凳上晒着不少撕开的湿笋干，旁边一个竹筐，里面是一把一把捆好的笋干。

“阿婆好！”佳佳向老人打招呼。

老人朝这边看看，没有回应。她站起来，小碎步地往里边走。

不远处，横排着两屋，都紧锁着门，年久失修的样子。屋前，有小块的菜园，种着辣椒、大蚕豆、扁豆，还有土豆。屋檐下的长竹竿上，挂着湿熟的笋干，正晾晒着呢。

阿婆去到那里，开始从竹竿上收笋干了。收几根，移一步，小心翼翼地捏着。这些晒着的笋干，想必是她最重要的事情。晒得干干的，放的时间长久些，等着儿女什么时候回来看她，顺便来拿去呢。

她背对着我们，嘴里发出沉闷的呛声，一阵一阵地，听上去，让人好揪心的。

我无端的猜想着：她是否会自怨自艾？她会不会如地莓般在无人问津的那一刻，感觉到黑夜里毫无希望？她是否会在孤独中终老？

“空巢老人，嘎塞古（方言‘可怜’的意思）的！”佳佳皱着眉头说，“她没有儿女们吗？怎么不来照顾她？或者带她去住也行啊！”读七年级的佳佳，还是张白纸，清纯素净。

眼前的不快，似乎让人心塞，我一时无语。有了阅历，染上不少风霜颜色，几多不靠谱的故事，已使我能够安静下来。

我招呼着佳佳，到溪水边洗洗。涓涓细流，永不停歇地，在大山深处，在静谧中独享这自由而惬意的时光。

满满的一筐，又一篮，再一篮，大家收获颇丰呢。我和佳佳尽挑着大颗的吃起来。确实是，不到山顶，哪里吃得到那么大、那么甜的地莓。

大家又到溪水里洗洗，准备回程。

车转过弯前，我摇下窗，看见老人站在门口，一直站着。

四　月

1

四月，想起林徽因的人间。

“你是四月早天里的云烟，/黄昏吹着风的软，/星子在无意中闪，/细雨点洒在花前。……你是一树一树的花开，/是燕在梁间呢喃，/——你是爱，是暖，是希望，/你是人间的四月天！”

在“民国第一才女”眼里，四月的人间，生着嫩，住着润，恰如年轻的子女，稚气而蓬勃，充满着生的美好。

2

四月，想起艾略特的《荒原》。

“四月是最残忍的一个月，荒地上/长着丁香，回忆和欲望参合在一起，又让春雨/催促那些迟钝的根。/“冬天使我们温暖，大地/给助人遗忘的雪覆盖着，又叫/枯干的球根供少许生命。”

四月，哪里是荒原呢，我宁愿理解成“复活为期不远”，或是“枯竭中的重生”。

3

四月，也有舒婷的思绪。

“四月的黄昏里/流曳着一组组绿色的旋律/在峡谷低回/在天空游移，/要是灵魂里溢满了回响/又何必苦苦寻觅……”

思绪间，透着对四月，如一次约会与热恋的期许，朦胧而诗意。

4

四月，想起玉华的垂丝海棠、蔷薇……

垂丝海棠，粉红的，粉白的，锦簇烂漫，一树一树，细碎如水语，深情地演绎。绕着体艺楼，蛰伏的香气，以怒放的姿态招展。

蔷薇，伸展出嫩枝，和着细声柔语的鸟鸣，与行政楼前的几树李子，掬起另一片春色。科技楼侧旁的春笋也冒出头来，与栖停的小鸟，齐凑热闹。

5

“山气日夕佳，飞鸟相与还。”四月，倘若在毕中，在“树林荫翳，鸣声上下”的意境中，你也可以寻觅，遇见，甚至相拥，入梦。

在一抹晨曦的露珠上，在忽闪着的阳光里；在鸟儿轻快的嬉闹中，在少年跳跃的脚步里；在每一个清晨与黄昏，在入夜“书山有径”唐诗宋词的灯影里。

不妨按捺下所有的期许，小心翼翼地等待。等待着，每一颗尖儿芽儿，每一树花儿果儿，由着性子生长，爆发出原始的力量，并保持一贯的姿势，尽享四月芳华。

四月，请聆听这里，人与自然渐开的声音。

6

四月，是盛放的。

空气中仍弥漫着樱花盛开的浪漫气息。而你身边，是否也有那么一株，两株？

某日午后，往“杉林叠翠”小径走，瞥见图书室余老师在拍照。信步绕上去，才目睹了樱花的盛放。

有两株紧挨的樱花，在三号教师宿舍楼前。它隐藏在一排芭蕉后面，并不为人所知。芭蕉几乎焉了，宽大的叶子，束卷垂败，呈灰白色，正好挡住了过往的视线。

这两大株樱花，枝干有碗口粗，花朵呈浅白粉色，瓣一般一至四枚。微风吹来，满树的粉白花朵摇曳着，招展着，似有着些许的小有浪漫呢。住在这里的人，若是有心，早遇了眼福。即使“孤芳自赏”，也是好的。

“小园新种红樱树，闲绕花枝便当游。”从古人诗意的描述中可窥一斑。

不必与武大的樱花去争宠。在这里，站一会儿，有两株盛开的樱花做伴，有围过来的师生一起观赏，也是有小满足的。

“学校有几株樱花？”我问花匠朱师傅。他说：“好像还有两株，有兴致，自己找找去。”这老头，痴心花草，种植移盆，修枝养护，日日勤出，这里少不了他。

“花草树木，都有自己的时间的。”老师傅的话似乎在说，每一日，每一周，甚至每个月，每一季，世上每一种风物，都按着自己的规律，自由生长，发育，开花，结果，都有其灿烂的时光。

7

四月，是跃动的。

清明后的早晨，阳光穿透了整个校园。树影婆娑，鸟语声不绝于耳，若非心静，人不堪其忧。

气温也上来了。午后，红房子边的球场，木栏长凳上，人多了起来。小胖子皇甫，早自己动了起来，一会儿，汗珠就湿了衣衫。几个教师也脱去外套，露出短袖，混合分组，四对四的玩上了。

那棵高高的老槐树，伸展开的无数枝条，已长出了青青的嫩叶。有几根斜伸下来，一伸手即可触及。有它作陪，无论从哪个角度，都是一幅春意盎然的图画。

在老槐树的荫蔽下，红砖砌成的廊道，木质的长椅，成了师生饭后休闲的好去处。阳光煦暖的午后，我常静静地坐在那里，仿佛陷入了四月深深的冥想之中。

三三两两的小憩，观球，闲聊。连体育课，也会搬到这儿来，绕着圈跑跑，投投篮，输了做几个俯卧撑。这里，有阳光，有青春，有活力，有美。

一阵风掠过，带过来丝丝舒爽，也携来了点点松枝花粉，一下子又弥散了开去。站在一旁的，场上的，拍拍头，抖抖衣物，又顾自快活去了。

8

四月，是慵懒的。

“杉林叠翠”小路间，“书山有径”直道上，一前一后两辆小推车，正慢悠悠地过来。车上是可爱的小宝贝，身旁是几个陪伴的老人。

家属们，早已习惯了这里的生活。树荫里，气息清新，风声沙沙，鸟儿唧喳。侧耳倾听，静谧、温柔的大自然，充满着温情、宽厚与智慧。

照顾小孩的日常，一点也不受打扰，反而显得透气，自在。

没有比这样的安抚更了不起的了。是的，他们的满意与感激，自然写在了脸上。

离操场球门几米远的草地上，卧着一只狗，大家都叫它“小白”，据说是只流浪狗。但你丝毫看不出它的囧相，它全身上下都是白的，干净且清爽。

它就像一个熟稔的朋友，在这里从容自如。它喜欢躺在阳光里，什么也不说，像身子下的草地一样沉默。它也喜欢跑在学生的前头，或在跑道的外侧。

迎面走过几个同学，小白丝毫不慌乱，始终是一种放心的感觉。

看不见小白的时候，它一定是在某个角落，享受四月林间的静谧。

9

在这里的每一天，我都会走一走，沿着某条路线。有时候，也陪着客人一起走。

新鲜的泥土，一簇簇的野草，青翠的树叶，被风吹落的枯枝，石坎上的藤蔓，错落有致的造型……驻足，凝视，手势和身姿都是灵动的，至少意味着，它们也并不寂寞。

四月，鸟鸣树尖，青翠满园，“此中有真意，欲辨已忘言”，也许只有那些倾听自然与内心声音的人，才会钟情于四月。而我，愿意是这样子的人。

花　季

玉华园，风雨十余载。其间草木之美，已各有其姿。师生四时与之邂逅，相逢，真是一场莫大的慰藉。但愿，在孩子们的心中这些花、树，是与己有关的。

1

初春伊始，沐其风而心向往之，何其快哉。蜡梅倾力绽放，独享余冬的料峭。玉兰紧挨老樟，枝丫白花朵朵，洒落一地的花瓣，似白身红头的小鸭。红艳的山茶花，多掩映于西侧墙角，低俗中有几分惊艳。

饱红的南天竹，孤零中窥其生命的长久。竹林小径幽静风凉，紫藤虬枝盘绕硬气，几树银杏疏条清寂……

走一走，撷一缕春风；坐一坐，掬一口清香，可以静静地遐想。

2

三月，阳光也就那么轻轻地一闪，孩子们用自由的脚步，在大课间纵情地舞蹈。静坐或伏案的人，住进几粒汗水，就贴近了生活本身，就能欣赏校园里最美丽的风景。

杏树，不只是一株，几株，那一排的满枝花儿，粉红点点，几无死角。一出门，一抬头，它就惊艳地美在你眼前，仿佛在梦里一般。

从未如此深切地感受过春天的美好。无须几日，杏花春雨的晨间，下台阶，便见五针松和蔷薇的枝头、叶间，点点粉白，地上更是零落成泥碾作尘。便寻思着春意伊始的四季邂逅。

3

四月，清晨的垂丝海棠，昨夜暗自疯长，醒了。粉红的，白色的，锦簇烂漫。连廊对面，绕着体艺楼，一树一树，细碎如水语，深情地演绎。蛰伏的香气，以怒放的姿态招展。在海棠的微醺里，蔷薇，伸展出嫩枝，和着细声柔语的鸟鸣，与李子，搠起另一片春色。春笋也冒出头来，凑热闹呢。

晨间，阳光透过空气，给人一种柠檬水般的清爽。透过枝叶，斑驳陆离的影子。声声雀鸣，更显校园静谧。在操场、小径、后花园穿行，几处惹眼的映山红，轻轻翻动着微风，畅快而自由。行政楼前的联排蔷薇，为爱伫立，了却了当值纷扰的细碎。

雨后，与美好不期而遇——清新安静的小径，春的容颜，一览无余，触手可及。樱花正当时，气焰很嚣张。紫竹也旺，独享一芳赞赏。绿茵快活，小鸟歇飞自如。最是那一瀑紫藤萝，后花园肆意绽放。

行政楼前，有两排花木。里面栽着密生的金边黄杨，以及丛生的五棵罗汉松，紧挨着的是一遛蔷薇。在暮春午后的微风里，一抹清新的紫红色，安静地吐露芬芳。小琴姑娘说，没怎么看，就谢了，可惜。我看不透它，有时候，就坐在那里，闭目想象一会儿。

想起一句民谣：四月蔷薇靠短墙，五月石榴红似火。挺欢喜。

又一次走出课堂，孩子们挺高兴。对他们最好的交代，是拥有体验。比这更好的是，我们拥有希望。与自然亲近，与伙伴嬉戏，与花树呼应，与足球快乐——春的气息，稚嫩的情愫，幸运的是，我们拥有此刻。

不由自主，或是一不小心，四月标志性的美，就在散步中清晰起来，又在散步中沉淀下去了。男生公寓楼后面的那条小径，梨花、桃花、李子花，沿路错落有致，恣肆开放，香气弥漫。难怪妹子忍不住将那些白色的小花瓣在手掌里揉碎，凑到鼻尖上。也难怪午后，阿德把车歇在这里，说躺在花下，美美地睡上一觉，是很沉醉的。

只是少了喜欢的木槿，原先在体艺楼门前，左右两株，花开花落，不显山，不露水，在树木的删减中褪去了年华，甚是遗憾。

4

五月，又见火红的石榴。石榴花把自己架在空中，飞旋出一种力量之美，高悬枝头。光亮，绯红，弥漫着浓浓的纯净。花开得极致的样子，就觉得生命好得可以骄傲。

作诗赞：清凉夏日风，悠悠校园中。青梅三两颗，石榴已火红。果挂南天竹，两小蜂绕萌。紫藤翠蔓下，石凳人迹空。且待我回眸，助力少年梦。

5

九月，“真香啊”！一入校门，师生、家长都会这么由衷的表达。忍不住停下了脚步，探寻一番。

前头不远，“励志修身　勤学有为”的校训石刻旁，一株金桂特别显眼。枝丫修剪得细致圆润，呈聚伞状。金黄色的碎花，花小，吸入你的气息，香飘十里不如它。

左手墙侧，另两株，碎花呈黄褐色，花朵稀疏，是淡香，亦十分怡人。道旁几十棵银杏，两两并排，枝繁叶茂。从低头，到仰望，如今整十二年。寻寻觅觅，校园最美的秋意，始终是你那标志性的一抹金黄。

随风摇曳，或雨中静谧，你仿佛天生与我并肩而战，不计较有多低多俗，愣头青似的，伫立在此，如同我对你们的陪伴。

6

十一月，南天竹——是时候出场了，这个肃杀的深秋，你的低调已无法掩饰。青黄，深红；透纯，浑圆；锦簇，掩映。闲走，那随性的一瞥，竟也端详。

去的路上，雨下得刚好，衣袖、裤脚尽湿。雨声里，校园变得格外清寂。这种清寂陪我穿过小径，连着风携带的清凉，一路驻守。

窗外的银杏早已叶落魂消，周遭萧瑟一气，循着诗意，你阔亮开阴雨后的天朗气清。

7

只要你愿意，那么，走一走，停一停，所有的时间就算是积极的，热情的。所有的日常，也就空出一大块来，不被意义撑开，让随性碎小的体验真实起来。

譬如，玉华的十二月，一月……

春　雨

午间小憩，从“书山有径”往下走。干净整洁的直道上，零星的雨点悄然飘落。

室内清静。茗一口清茶，翻阅今日的《钱江晚报》，看杭州“刘诗诗”给春游西湖标注的新的打卡点。

“西湖美景三月天，春雨如酒柳如烟。”踏青，春游，喝茶，推荐的一条小众游线，“园林，茶园，泉水；大学，溪水，竹”，恍若感受到了杭州最美的季节。

遐想中，窗外的雨，一阵紧一阵地，倾泻而下，花草树木，亭榭楼廊，都淋了一身。稍稍把窗子透出一条缝隙，清新之气扑面而来。

春雨敲窗，“滴答，滴答”的声响，在急促中，来不及在树叶上稍作停留，就裹着妖风，“噼里啪啦”的，一阵阵，似打击乐般，密密地点杀过来。

抬眼望，通向“潇湘观鱼”的小径上，林间铺地的红砖，一下子，湿了个透，在荫翳里，泛着亮白。水，到处乱跑了。

春雨骤然而至，那么直白，毫无保留，光是声响，就着实让人惊艳了。

这时候，撑把伞，绕着校园走一走，是不合时宜的。你看，从这里跑过几个少年。泛青的片叶，细枝的桃花，在躲闪中摇曳，甩出的雨点，毫不费力地落入了他们的发线、衣领、颈间。“喔，喔，喔”，少年们嬉闹着，追逐着，用手搭着头，多痛快呢。

那是春雨中青春的音符，是跳跃，是奔放，是舞动，一切都如自然。

坐定，闭上眼睛，享受这一刻的美妙，多好啊。

“细雨中的呼喊”，是的，我仿佛来到了余华记忆中的时间里，轻而易举地进入了鲜活、真实的雨的世界里。

春雨的欢快令人称奇。无论落在何处，树叶间，池水上，溅起的水花，有力迷蒙而浪漫，是那种失去控制的流畅。就像小女人，闺阁待久了，想象中的柔弱全无骨力，如水宛转。但她的喜与愁，她的放任，都是极有魅力的。

仿佛笼罩了一切似的，春雨细细密密地，铺天盖地地下着。

你听。

一会儿淅淅沥沥，如乐队奏出的齐整和声，悠扬而铿锵；一会儿如丝如缕，像绕指柔般的缠绵悱恻，润泽心田。绵绵春雨，好似荡漾着春天的旋律，既清新俊逸，又素雅优美。

春雨，神奇地掌控着春天的节奏。“今天夜里到明天，有时有雨”，“午后到夜里，大到暴雨”，它如约而至，又天马行空；它温润如玉，又肆无忌惮。

雨在窗外，一片沙沙声，听上去，似乎并无深意。其实落在我心上，让我感受到无边的诗意与幻觉，尤其是今日，记忆中的海子，曾经在诗中写道的“孤独不可言说”，此情此景，似有所悟。

稍有遗憾的是，不知不觉中，雨，竟然毫无征兆地停了。高大的树、红房子、石桌凳，连同池塘中的鲤锦，一下子，都成了静物。远处，传来了孩子们的嬉闹声。那是自然的呼吸，抑或是憋闷后的畅快。

“先成人，后成才，德才兼备”的石刻后面，两棵老樟树，碎枝老叶纷纷零落，撒了一地。而小朵嫩黄泛青的新叶，在高高的枝头上，迎着天空，展露着春天新的姿容。

至少，在这里，雨后的校园，分外清新。走一走，在自然的静谧中，一花一草，一枝一叶，都有你内心的声音。

不知不觉中，春雨，又来了。夹杂着袅袅青气，一如三月田畈沟渠里的水芹，永远的自然本味。

零零星星地，又细细密密地，一点一滴地在心里漫过，并渐渐沉淀，那是春天大自然的馈赠。

一直坐着，一直沉浸……

知 否

立夏，万物由“生”而“长”。夜值中，人困入梦，犹记之。

再熟悉不过了，玉华三月的垂丝海棠。

沿着体艺楼，龙门路，拐弯式的一圈，疯了似的，没有节制地生长着。粉的，白的，一簇簇，裹着苞，绽着朵，纷拥在枝丫间，浓密交织，宛若天衣无缝的江南织锦，让人驻足，流连，叹为观止。

两三块散落草地、蹲守着的石头，拙朴无华，仿佛就等着那个垂青的人儿。坐坐，也有热乎乎应了景的感觉。

周末的傍晚，在小学里踢完球，你忍不住会进来看看，仿佛时光在一刹那间停滞。电瓶车缓缓地驶过去，又停下来，最后伫立在垂丝海棠的面前。四周寂静无声，俨然是一个人的沉浸。

那一刻，就好似你离开了，又回来了，带着某种不可言说的心绪。

四月的蔷薇，记得在行政楼前，记得每个温暖的午后，毫无忌惮地脱了袜子，脱了鞋，晒一晒，仿佛阳光是自由的，风也是自由的。风吹拂着，蔓延着，在这里停歇的人们，闲坐着，说笑着。稍有情趣的，不时转换着角度，留下蔷薇春的芳颜。

那一刻，就好似你离开了，又回来了，带着某种不可言喻的情意。

在校门边，记得车窗摇下来的那一刻，她轻声地“嗨”了一声，打着招呼，惊讶又欢喜的神情，全然没有一贯的矜持。你看见了她清亮的眼睛，与她对视的那一会儿，仿佛触摸到了她内在丰富的东西，关乎单纯、自然，或许还有朴素的灵魂。这好像突然击中了自己内心最柔软的部分，禁不住动了心。

那是四月的蔷薇仍眷恋着枝和叶，就似在这里守望的人儿，心有所及，而未有可待。你绝不会想到，转眼间，毕中七月青青的柚子，来年五月仍是黄熟的模样。

多想青梅煮酒，煮一壶芬芳，煮一份思念。一树的青梅，浓荫蔽日，密生着，吊着你的胃口。每一次驻足，都有要伸手触摸的欲望。而它隔着年份，挑着时日，全然没有理会一个多情的伤心的人独孤的眼神。

那一刻，就好似你离开了，又回来了，带着某种怦然心动的感觉。

又逢周三，球场火热招募中。你未打招呼就来了，遇见与往常一样的热情。那种雷打不动的热血对抗，可以预见的人仰马翻，交替上升的比分，臭汗淋漓的痛快，快攻与无解的三分，仿佛是梦，丝丝入扣，点缀了五月的夜空。

恍惚间，又见火红的石榴。在校门外，每一个清晨，夹杂着露水，伴着一抹晨曦，迎来送往。石榴花把自己悬在空中，飞扬出一种蓬勃兴起的力量之美，卓然俏立枝头。光亮，绯红，弥漫着淡淡的芬芳与如水的纯净。抬眼看花开得极致的样子，就觉得生命好得可以骄傲。

院士路，一如既往的忙碌。

也许，只有用诗，才能表达出那浅浅的一份情与妙来：青梅簇枝头，石榴已火红。两小蜂绕萌，石凳人迹空。

斑驳的光影，早已华枝春满。我听到了午间“知否知否，应是绿肥红瘦”，我看到了人情万物，黄昏呓语，而我在立夏，夜值一隅，忽有斯人斯物可想，可怀，足矣。

飞　鸟

午后春倦，靠椅小睡，反被鸟儿惊扰了。

它们似乎就在某个不远处。

“叽叽，叽叽叽，叽叽叽叽叽，叽……”雀儿声声脆响，似孩童般，调皮地玩着耍着，逗着乐着。“咕咕，咕咕咕，咕，咕……”听得分明，布谷仿佛寂寞难耐，正在呼朋唤友。“哦噢噢，哦噢噢哦，哦噢噢哦……”更有不知名的鸟儿，在后山深处，声声不歇，你都猜不出它们的心思。

人间有多少个象声词，似乎也描摹不了这些个曼妙的声音。

它们时而变着调子，时而变着方位。一会儿对唱，一会儿追逐。树茬间，枝头边，竹林里，红房瓦上，听松亭的六角檐口……独领风骚俏一时，你方唱摆我登场。你一愣神，整个校园，仿佛都沉浸在鸟语声里。

起身，清了把脸，寻声而去。

走在杉林小道上，各种脆响，热闹极了。高高的枝丫间，雀儿翘着尖尾，扑腾着瘦小的翅膀，啄着细密的杉针，在上头跳跃着，一会儿又不知飞去了哪里，全然没把树底下的人放在眼里。

循声而去。沿灰蔫了的芭蕉，往底下的苗木基地，竹林深处走去。

“吱叽吱叽吱叽，吱叽，吱叽吱，吱吱，吱叽吱叽吱叽……”奇奇怪怪的变调，哪里还记得下。春风四起，竹叶摇曳，它们随性地起落，欢快地炫着自己的歌喉，畅快地享受着生命的每一刻，不禁让人动容，心生羡慕。

“久在樊笼里，复得返自然”，自由无拘地释放自己，是何等的轻松愉悦。而人，内在的欲求，羁绊自己的又何其多。

花木匠老朱戴着顶草帽，背着把锄头，正在清理花木。不远处，几只鸟儿肆无忌惮地落在草间，菜地里，一边跳着，一边顾自啄食。

“鸟儿真多，可惜叫不出名字。”我与他聊着。

“这里麻雀、布谷多些，我也叫不出几个。”老朱笑着说，“有几只蛮大、蛮好看的，估计是从后山上跑下来的。我们学校环境好，把它们吸引过来了。小花圃那边也有不少。”

一路跟着老朱走。

一楼教室里，孩子们正静静地做着笔记。小花圃里边，几棵李子树上，粉嫩的小白花肆意绽放，煞是惹眼。小蜜蜂惦念着清香，正“嗡嗡”缭绕。

“叽叽，喳喳，叽叽，叽叽叽……”雀儿赶忙似的凑起了热闹。几只雀儿，轻松地掠过，从这一株，到那一株，小脚尖儿一颠一蹴，在树梢间一停一歇，小白花点点扬落。等到孩子们开始朗读了，它们又识趣地飞去了另一处，结伴嬉闹去了。

更有趣的是，有一两只，追逐着，穿过走廊，闯进了教室。有一只，还与窗户撞了个满怀，抖了抖翅膀，又绕个弯，“叽叽，叽叽叽……”欣欣然飞往高处去了。

“坐卧梦寐外，空无一人知”，说不清我是什么时候，在这里，还是在梦里，继续着鸟语的思量，没有一个人知道。只是有一点我要告诉的：鸟语不入你的思量，还是不入谁的思量，并不重要。因为鸟儿，自己不会停息思量。在它们眼里，春风，夏花，秋雨，冬雪；树梢，枝头，竹林，花圃，总是波澜不惊，又甚是绚烂。

犹太诗人保罗·策兰说，春天来了，树木飞向它们的鸟。我说，我也要飞向我的美好。三月的春光里，树影婆娑，鸟语花香。置身其中，似了无尘俗，独享一份宁静与悠然，于身于心，不失为自然的放旷。

而久居鸟鸣山幽处，教书、闲读之余，又可窥“闭门即是深山，读书随处净土”的意境，静谧中自知冷暖，实为人生一大乐事。

往俗里说，听鸟语，闻花香，最美毕中，你还等什么呢。

才　女

细雨霏蒙，时光徜徉，许多人和事，在晨雾与夜色中沉淀、过滤，继而远逝。但总有一些影像时常泛起，让人平静地怀想，带着你，回到那个熟悉的世界里。

譬如，喜欢码字的语文老师，会在某个角落里，不经意间，掂量过往的学生，那些喜欢阅读、写得特别好的“嫩瓜”，权衡，比较，谁是那个最特别的，谁最有才气，谁无可挑剔。

1

小圆脸，粉白，伴着青春小痘；小眼睛，单眼皮，看上去精灵古怪；喜欢扎着两根小辫，甩在前后。每个早自习前，她总会拿着作文簿，毕恭毕敬地站在我的面前，嘟着嘴，眨着眼，等待我表扬她。每一次，看到她这个样子，我都会笑。我喜欢这张稚气而精巧的脸蛋，还有她不羁的个性与喷薄而出的才气。

她天生傲气，又不讨巧，还敢顶嘴，老师并不喜欢她这个样子。但如果她真服你，就不一样了，什么都可以顺你。我接班的那天，就想了点办法。

“听说你作文写得特别好，我不大相信。”

这个刺头马上“起跳”了，“老师给个任务，我写给你看!”她还挺牛气。

“每天1500字，早自习前放我办公桌上，怎么样?”我带着挑衅的口吻，是想消消她的锐气。

“好的，小意思。”她很开心地走了。可以想象，她憋着一口气。

第二日，她老早就站在门口等着，A4纸大小的簿子，密密麻麻4页，略带俊秀的字，似乎在向我示威呢。

“不错，改好后给你，明天继续。”

我多少厉害，想必她是清楚的。但她的文字能力也着实让我吃了一惊，信手拈来，无所羁绊。一般学生“文从字顺”都很难做得到，更别提“流畅”了。而她是字里行间给你无限可能的那一个。我担心的，一是她的随意率性，有的扯远了，收不回来，好在现在有我，能牵住她的“漫游”；还有就是她的坚持。

她太不可思议了，挺厚的一本作文簿子写完，才用了不到3周时间。我到镇上买了新的送她，她小心翼翼地打开，看到了扉页上写着的字，“你的天分毋庸置疑，你的未来就是作家，如果你足够坚持！——与晓同学共勉”。她朝我鞠了个躬，竟然哭着跑了出去。

她天马行空，我给她命题，一个字的，两个字的；一个动词，或者形容词；一样东西，一处风景……无论什么，她洋洋洒洒几页，上千字的，毫不费力。我只需夸她，然后告诉她，什么是最好的表达，以及如何更精准的表述与自如的收放。

初中的女孩子文科好，很常见，理科往往是弱项。可她的数学也极好，是一点就通的那种，于是她很自然地就考上了重高，也从此消失在我的视线之中。

前年夏天的同学会，我提起她，因为心中的那份期许。与她亲近一些的同学告诉我，她在老家，还在写，不怎么出来，话语里好像发生了一些事。想起她曾经那么执拗不羁的性格，让我隐约感到有些不安，想和同学一起去看看她。那天我被学生的热情灌醉了，之后大家各自回程，终未成行。

但愿我的担心是多余的，她还是那个灵气十足的女孩，正活跃在网络上，文字依然光鲜亮丽，没有辜负才气与时光。

不管怎样，在我的“嫩瓜”弟子里，她仍是最厉害的那几个。

2

这是个文静的女孩子，甚至有些腼腆。长得也秀气，有 2 个可爱的小酒窝，笑起来，也只是浅浅地笑，看上去特别矜持。

给人的印象是“认真”。无论什么作业，放在你面前的，永远是工工整整的字迹，清清爽爽的卷面，容不得任何瑕疵——她是有多特别的“正”，她还是班长。

她没有晓那样的才气，也绝不和晓较劲，她用足够的努力以及渐渐积累的自信来证明自己。她也能完成每天 1500 字的强度，内容贴近生活，真实诚恳，有自己纤细入微的独特感悟。

让人惊奇的是，她的文字几乎不用修改，简淡，像秋风带走了草木饱满的色泽。或者我都不好意思挑毛病，静静地欣赏，每次都可以当范文，读给孩子们听，大家也都觉得简直无可挑剔，被讲述的好像就是自己的生活与内心悸动。

有一次，快放寒假了，她站在我的办公室门口。我的办公室小 20 平方米，4 个老师一起办公，后来还成了我的卧室，如今早已拆除了。

她也不进来，倚着门，探身说：“家里杀年猪了，我想老师到我家去吃饭。”她嘿嘿笑着，接着又说，“我妈妈也是这个意思。”

意思很单纯，大概就是感激，也许还有心有灵犀的亲切。我就去了，我也觉得一点也不生分，觉得特别美好。

她也毫无悬念地考上了重点高中。

现在她已为人妻，有一个12个月大的小鲜肉，工作也蛮好，还是那么认真努力，也依然嗜书成性。有微信，可以常见各自的生活，蛮好。

3

宿管阿姨说，雯是从没有见过的那种女孩子，特别朴素，特别纯净。一届的嫩瓜妹子，也许也是这么想的。

她总把自己的生活变得简单而有生趣，低调而不失小可爱。她在校园的黄昏里散步，在村庄的芦苇丛中溜达，在紫燕山的山野秋风里呼吸，在天子地的登高处远眺，她让自己的心性平静下来，更真实地接近自然。

“雯把东西弄得妥妥的，主食，佐料，餐盘，筷子，杯子，锡子，胡椒粉，菜油，样样齐全，惹得师母直夸呢。婷一旁洗菜，熹与杭开始拨翻烤货，孩子们最爱吃的鸡翅、鸡尖、肉排、香肠、骨肉相连，是最先入火的，接着是青椒、玉米、青菜、包心菜、金针菇……”

“右边山道拐上，不远处，就是大片的竹世界。四野静寂，在竹林空地里，那些静默的毛笋，只能唏嘘它的毛身和长短，想象大锅腌菜煮它的沸腾，扯得手都痒痒。‘明月几时有？把酒问青天’，雯和婷，2个很有才气的小女生一起合作，《水调歌头》清幽的旋律，让人瞬间感受皓月当空、孤高旷远的意境氛围，渗入睿智的人生理念。”

一篇《记忆·映山红》，获省级一等奖，让她无限接近了第十八届“语文报”杯的全国总决赛，心是去了山西太原的啊，多少个夜的挣扎，终因顾及父母的辛劳而放弃。她有梦，但她依然本色，一如她的文字，朴实无华，清新脱俗，在恬淡平和中悠远绵长。仿佛就是她的日常，她的心思，她心底的阳光。

去年，她考上了重点高中。她依然有好奇心，她又问起第十九届“语文报”杯参赛事宜，她对自己有信心。

记得你们的单纯与才华，感谢你们给我的语文生活无限的可能以及无比美好。

初　夜

这一夜堪称潦草。

一间房，一张床，一张桌子，简单，实用。窗帘，还未来得及按上。几十米远，就对着男生宿舍楼道的灯。只要醒来，就刺着你的眼。你翻个身，又会觉得，那束光，就跟着你，一直闪在你的身后。

这不打紧，我并不介意这些。我甚至听见了窗外的雨声滴答，或是某个教师用脸盆“哗哗”，冲冷水澡的声音。半个小时前，学生宿舍熄灯了，青春的喧闹，早已安静下来。他们按规矩做事，在值守老师引导下，都是些听话的孩子。

就连空气，也变得宁静。山没有说话，树木也没有说话，生活静止了下来。

我把左手缩进被子。这个 11 月的头几日，白天确实还暖和呢。夜雨一来，风跟着起劲了，硬气了。学校，沿着山势而上，古木森森，确乎有些凉意。

一抬头，那束光，一样执着地，不厌其烦地奔溃你。也好，看会儿书；或者转个身，睡去。静静守候着，雨声，和这初夜。

其实，女人为这一夜，折腾了半日。

先是开个单子：剃须刀，再买一把。络腮胡子，一天不刮，胡里邋遢的，也老相。

吹风机，再来一把。功率要高点的，宾馆那种的不要。头发虽黑得很（奶奶93岁，头发全黑呢），却油性，不得不每天洗吹，要不憋塌。得当回事做，下的功夫，与女人化妆无二。

床是现成的，2块拼装木板，2个四方得正的架子。棉被、床单早铺了，午间可以小睡一会儿。还有洗头膏，面油，牙膏牙刷，面盆，睡衣，保温杯，一样都不能落下。

东西是准备妥当了，心里倒不是个滋味。这个年纪，还得过回从前的住校生活。

连女人，也多少是不情愿的。

但谁在这里，不是这样呢。我看到了这里许多人的共同生活，起早摸黑，与孩子们在一起。而在之前，这些都是被我拒绝和过滤的生活。

很多时候，我们与最真实的生活是有距离的。

抛开所有，细想回去，不疲于奔命，能安静下来，对一个中年男子来说，是莫大的幸福。在这个空间里，至少，可以得到很自在的休息。而休息，是多么重要的事情啊！早睡早起，也是不少人崇尚的健康的生活方式和习惯。

诚意是能生出力量的。就像汪曾祺笔端下透出的人生关怀，都浸润着主动情感。我相信我是对的，信服自己，必须变得诚恳。

而且，不安分守己地睡一次，几次，心里不踏实，会觉得自己游离在外，漂泊的感觉，始终不能真正地融入。

而这样的自由与宁静，也是一个阅读者与写作者需要的。

初夜，又显得那么美好。

床头，一本王干的《夜读汪曾祺》，开卷慢慢进入，心也渐渐平静。高邮的河流，陌生的街道，熟悉的老屋，北京的安乐居，都是作家笔下轻盈流动的笔墨画意，自然是一种享受。

后来，我起身，喝了口水，关了灯，开始睡了。江南的秋，色情，放肆，容易口干舌燥。江南的雨，纯粹，有呼吸，甚至缠绵悱恻。

夜，更静了。

初夜，好静。

寻 梦

一校有山有亭，轩榭楼台，则显古风文意；有池有鱼，竹石小道，遂见清灵雅趣。

分水江畔，与“垂云通天河”毗邻的桐庐县毕浦中学，地脉如斯，气脉如斯，文脉亦颇有此意。

初冬微雨，撑把小伞，携友寻趣。往“求真大道”，左见“先成人，后成才，德才兼备”石刻。行几十步，行政楼后，见一片竹林。雨疏风骤，竹空珠落，轻踏大小卵石，蜿蜒曲行，左侧一面青砖瓦墙，低处木质地板，色泽敦实温暖；高有瓦砖镂空，视线透亮，各处风物，皆入眼底。

“潇湘观鱼”就在眼前。

因与《红楼梦》潇湘馆风物极似，“千百竿翠竹，斑驳的苔痕，曲折的游廊，羊肠似的石子甬道，绕阶围房，九曲盘旋的小渠……一景一物都是那样的纤弱幽静，都带有林黛玉清高脱俗的情调。”故名之。

在初冬的衰残和幽昧中，仅剩的一口池水一如既往地贮满了，几条大金鱼闲游其间，隐约可见。稀疏的雨点从树间飘落，流入“鱼跃龙门”石雕，铺满青苔的石壁，以及交错有致的方形石槽。若有喷泉其上，必生趣味。

从暗淡的云翳背后，突然有几只鸟雀悠然飞起，拖着两根筷子似的细长的腿，栖息于池水上的菖蒲、藤蔓和叶子上。时不来谁来呢？

一池烟雨任平生。除了稀疏的雨声，一切都是寂静的。小天地间，简拙也罢，晦涩也罢，任凭风雨读，月色读，要是有些许清欢，足矣。

空气湿重，草木散发着微醺的年代久远的混杂气息。

从新塑篮球场往左走，通过红砖方门，一条不长的上坡路，树草幽闭，两旁老杉素颜静伫，颇有余威。时值初冬，枫红的小叶片碎了一地，铺陈之中怀有肃杀沉寂之感。

未至男生宿舍，往左是教工3号楼，其前，有两排水龙头与洗漱空地，方便师生日常使用。再拾级而上，就是听松亭了。

“亭”是古代建筑的一个名称。也许大家会有印象，爬山的时候，某个角落突然就有一个亭子。你会发现，有亭子处就是让你停下来的地方。正如蒋勋的《生活美学》所言，“你人生到了最美的地方，应该停一停，如果不停下来就看不到美”。

古有欧阳修笔下的“醉翁亭”，西蜀“子云亭”，“亭”文化传承下来，远一点，杭州孤山云亭；近一点，天子地钟鸣亭，九龙山、五云山、玉华泉皆有亭。

偏于一隅的听松亭，始建于2003年仲夏，后有所毁塌，2018年重建。其上松林高邈浩荡，草木疏朗幽森。其势居高而威，临风闲谧。

宋代释文珦有诗《题听松亭》，别有蕴意，恰如其分：“别驾公事闲，翦棘开三径。天风引长松，萧萧满清听。坐石琴意真，凭栏醉魂醒。亦使山中人，悠然动归兴。”

日常里，午后饭饱，回屋小憩前，往听松亭，与友小坐，不失闲悠。空，静，松风色声皆妙契。偶有“柚稚文学社”采风于此，着意静观而不失顿悟。

抑或傍晚时分，日落峰顶霞光艳，松涛风紧韵短长。若人不堪其烦忧，皆可在纷扰中寻一分闲静来。久坐，俗事皆不费思量。

末了，与友笑言一句：潇湘竹道观鱼趣，听松亭间识文脉。友颔首赞之。

遇　见

初秋的清晨，毕浦中学，初一新生入校日。

柚子青青，满树满树的，在枝叶间轻轻地摇曳。校门边，直道旁，花儿热烈绽放，引蝶戏舞。不远处的“潇湘观鱼”，竹荫径幽，锦鲤畅游。

带着孩子来学校的家长们，可顾不上这些“美院”景色，告示栏上的分班名单，教室分布，寝室安排，这些才是他们最关心的事情。

“请您先来这边看一下，您小孩在哪个班级。”一位穿着蓝白相间校服，面相清秀的女同学在一旁引导，她是穿着黄衫的“毕浦中学志愿者”之一。上午，她们会忙碌小半天。

“105 班，在哪里？”家长一下摸不着头绪。

“这边 3 楼第 2 个教室，请往这边走。班主任在教室里等着，你们先报到。东西可以在这里放一下，我们会给您看好的。”

“谢谢，谢谢！”额上微微出汗的家长，舒了口气。回头对一旁的孩子说，“你看看，这个小姐姐多有礼貌啊。你也要学好。”孩子腼腆地笑了。

这些小志愿者，候在一旁，时不时地引导着家长和学生。亲切温和的话语，满是笑容的青春的脸庞，带着付出与汗水的欢欣，迎接着新入校的每一个，她们是新时代文明实践者。

在校门口狭窄的村道上，家长们也惊奇地发现，有多名戴着红袖章的教师，正临时充当着交警的角色，分块负责并指挥来往车辆。每一个路口和主要干道都竖立着醒目的线路指示。

教室黑板上，亲切的欢迎词、报到须知，以及各种注意事项一一分明。环顾四周，窗明几净，课桌椅整齐有序。班主任正用期待的眼神，迎接着每一个孩子。

学校大礼堂里，三个后勤职工，正紧凑地分发着一本本崭新的课本，自然是汗流浃背的。食堂的师傅们，也热火朝天地准备着中午的饭菜。

没有拥挤与焦躁，瞬间的观望，细节一一在目，爱与责任洋溢在校园的每一处，心里就有了温暖。这所“杭州市文明校园”，是新生家长心里有底的理想学校。

“老师们好，欢迎大家来毕浦中学做客。我是201班的皇甫欢。这一处景点是‘满陇杏语’。这个季节，银杏青枝翠蔓，长势旺盛，春夏的气息特别浓郁。这条银杏小道，最好的观赏季节是秋天。11月中下旬的时候，落叶纷纷，一片金黄，沐浴杏林暖阳，聆听银杏脉动。同学们在这里散步，朗读，写生，闲坐闲聊，特别有味道。”

午后，参加桐庐县后勤管理工作会议的老师们，绕过“小园书径”，来到“毕中十景”之一的“满陇杏语”在这小小景区挂牌志愿者，俨然经过文明礼仪、景点介绍词等基本训练。她们正利用中午休息时间，当起了业余导游。

阳光大方的姿态，从容自然的解说，博得了与会老师们一致的高度评价。

“毕中学生的素质，没话说。”

“趁空余时间，做小导游，这个实践活动好，这才是真正的校园文化展示。”散步于此的老师们，个个点头，竖起大拇指。

又到了中饭的时间了。

你瞧，陈书记笑眯眯地站在餐桌旁，他手里的大瓢，正盛起番茄蛋汤呢。一碗一碗地整齐排列，等着老师们过来拿。

“没什么，举手之劳的事情。”

有时候是袁主任，或是胡老师，党员教师们，用习以为常的细微的行动，温暖着这里的每一人。就像中考日，一碗一碗的热烫，香蕉、苹果、筷子，都安放在学生桌上的感动一样。

每次餐后，餐桌上干干净净。因为，文明餐桌小组长们，已经用抹布将餐桌清理了一遍，他们才不允许有脏乱差在她们的面前呢。水池边的一排排抹布，清清爽爽地挂着。“文明餐桌”，正践行着日常的规范与最质朴的文明。

校园水果节，是师生最开心的时刻。

六月中下旬，初三教学楼后面的桃子熟了。这些桃树，是三年前，学校专门从阳山畈采来种下的，新教学楼前也有几棵。除草，施肥，浇水，都是老师与孩子们一起干的。

满树满树都是，一个个红扑扑的，像极了孩子们的脸。

微风中，它们招迎着，诱惑着，直惹得人口水直流呢！拳头那么大个，洗净，剥皮，几口一个，脆生生，甜腻腻的，口感又好。但孩子们的口水都自觉咽回去了。

“我们毕中的孩子，都不会私下去摘。”应校长自豪地说。

最幸运的是那些被推荐的孩子，他们乐呵呵地，屁颠屁颠地，拿着脸盆，一树一树地摘桃子，然后将桃子集中堆放，分发到各班，每个班一大脸盆，一人一个管够。也送到老师们的办公室去。

抓起洗净的桃子，一口咬下去后，孩子们的脸上，就会露出了最纯朴最灿烂的笑容。

橘子节，杨梅节，枇杷节，那些高高挂在树上的水果，仿佛也十分的喜欢这些孩子们，因为他们只会站着看，从不会来捣乱，也不会偷偷地自己享用。他们对树、对水果有着天生的喜爱，也有着爱护珍惜的心思，他们与校园里的每一棵树同呼吸，共成长。

在毕中，你总会在不经意间就与美相遇，与文明同行。而善意与友爱，文明与和谐，早已一点一滴地深入在孩子们的心中。

毕　业

我的生活，就是我最好的作品。

2019 年 6 月，注定会留下点什么，关于告别，那些三年一届的故事，或者深刻印象的某人，其实并没有那么伤感。一切顺乎自然。自然的状态，就是最好的生活。

最后的两天，甚至包括这个下午，我原本可以陪着他们，但我将离开，跟另一批他们的同龄人更近。而这些孩子，也是这个六月的主角。

现实是，他们都将以数字的方式，给自己和家人，还有老师，一个交代，一个告别，一次重新选择。

我的内心非常平静，从未有过这样感觉。或许我想明白了：时间即将到了，按照相处的规则，此时离开最为合适。未来不可预测，而明天是可以掌控的一天。

我来毕中快一年了，时间太快，似乎还未来得及和他们亲近，正如我在玉华，待了两年了，未来得及送一程，就告别了。

在这里的每一个日子，我都在感受这个美丽的校园，每一处风景，每一种美好。我留下了自己的足迹和声音。《柚子黄了》《毕中寻梦》《大树和我们的生活》《春风里，奔跑的少年》《四月·飞鸟·渐开的声音》《某个下午，听春雨》《鸟鸣山幽处，读书清风闲》《江南，有雪的冬天才完美》……这些，都跟我的孩子们有关，是他们，让我的心静下来，去触动，去共鸣，去沉淀。

给四五合班上完最后一节作文课的时候，我记得，我走出教室的时候，那些掌声感觉离心很近，一直没有停下来的意思。我那时候，非常感动，但我自顾一直往外走，好像有不忍直视的地步。

事实上，我从自己任教的三班告别，走出教室，心里大抵也是莫名失落的，毕竟最后的两天，不能陪伴。但我还是很快从掌声中摆脱出来了。

我感谢在最美好的时光里，与他们相遇，并有幸做他们的指导员。我记得“中考百日誓师”大会上，大家高亢的声音与坚定的目光；我的手机里还保留着大家做操时队形齐整的照片；我甚至很喜欢大家叫一声“陈书记好”。

他们青春的面孔，微笑的眼神，朴素善良的心地，脚踏实地的学风，向上向好的心态都是美丽毕中最好的一部分。毕中因你们的健康成长而骄傲！

我也很清楚，他们只是过客，我们只是摆渡人。告别，并不需要伤感。因为他们是带着一颗自信、感恩的心离开的。

监考培训之后，我站在玉华教学二楼的连廊上，我带了两年这一届的学生，就在下面集中。学校在讲考试注意事项、考场纪律等，我在上面来回走了走。我注意到有学生看到了我，然后，便有很多人看到了我。

后来我就直接下来了，与这里的老师用手打着招呼，径直坐到中间的回廊上。

教过的，还认得出的，都用各自的方式向我示意。微笑，摆手，眨眼睛，做鬼脸……

绕着校园走一走，这里的一切，还是那么熟悉。

第二天一早，去了原来任教的班里。女生陈奕（也是嫩瓜学员），递给我一个礼盒，大家一起围过来。我说，留个念。

后来我打开看，是一支钢笔，上面写着“一日为师　终身为父”，我懂了。

昨天，我在他们班主任小夏的微信里看到：他们利用午休的间隙，折叠了千纸鹤，上面写着他们对小夏以及老师的感谢和祝福的话。小夏还对他们在考试期间做这些事情而有点不高兴，嘟嘟着，不要太放松，还是要保持适当紧张的，原来只是想给老师一个惊喜。

又有人告诉我，送语文老师的是一个烟灰缸，我大概知道余敏老师是抽烟的。而我，喜欢用文字表达。

孩子们有心了。

有时候，我甚至怀疑自己，是否能一直以孩子的视角与眼光，来审视自己对待他们的本心。然而现在这些已经都不重要了。

他们在学习态度、学习能力、学习品质上各有不同，他们走过春风，遇见夏日，历经秋风和冬雪，成长是唯一不变的主题，这就够了。

于是，告别，也不那么伤感了，唯有祝福送给他们：未来不可预测，即使一个人走，也请多多加油。而明天是可以掌控的一天，记得一定得用你们的智慧、勇气和力量，去追求属于自己的幸福！祝孩子们好运！也欢迎大家常回母校看看！

突 围

中考、高考后，各种喜报在微信群里扑面而来。教育，似乎在这个时候，占据版面，C 位（核心位置）出道了。

厉害如牛校镇海中学，又出状元；温州中学，700 分以上 11 人，690 分以上 39 人……

我们小县城的一本上线率（50.3%）也不错，474 人，水涨船高，不小的突破。

而我的母校——桐庐分水高级中学，一所县里生源最差的普高，也从困境中突围，捷报频传，81 人一段上线，其中有 1 人文化一段上线，创近年来新高，多名校友转发喜报……

所有喜报的背后，是一所学校，一群人的坚定、坚持与坚守……而乡村教育的崛起，又何其难。喜报的背后，必定有一个个动人的乡村故事。

基础教育是“人”的教育，是关乎师生成长的教育。实施乡村振兴战略，教育振兴是其中重要的一环，人才是根本支撑。

而当下乡村教育面临的困难不少，比如，地域有局限，生源质量忧，升学期待高等。如何以校为本，凝心聚力，聚焦课堂，破解难题，突出重围，是新时代摆在乡村教育工作者面前的一道难题。

1

乡村教育的崛起，须静得下心来，开辟一条适合自己的新路。

莎士比亚说："草木是靠着上天的雨露滋长的，但是它们也敢仰望星空。"乡村教育也要有仰望星空的眼界与胸怀。

"存在的都是合理的。"无论是高中、初中，还是小学，甚至小微学校，都有其发展的特定空间与潜力。乡村学校，有自身的广阔天地，有施展才华的空间，不必妄自菲薄。在同类学校中，特色明显，质量优良，有知名度，就是乡村教育不小的成功。

创建于1943年的分水高级中学，一直办学不辍，人才辈出。悠久的历史，积淀了厚重的文化，传统文化与现代气息的有机融合，使得学校具有其独特的魅力。但教育资源整合后，生源大不如前，竞争力明显下降。

"不管我们不能选择学生，但我们不能忘了初心与使命。"这几年，在何保刚校长的引领下，学校沉下心来，借力助推，不断突破瓶颈，寻求出路。

每日、每周，对何校长来说，走校园，谈心谈话，关注校园的每一个角落、每一位师生是工作常态，接地气，又有思想的基点。

学生体艺特长的挖掘与培养，成为学校最大的着力点。方向对了，一以贯之，就能逐步形成自己的特色。

学校体、音、美特长生人数逐年增加，已达到每个年级150人左右的规模。近年来，这些特长生的术科上线率达100%，优秀率达50%以上，先后为中国美术学院、北京体育大学、北京航空航天大学、北京师范大学、各大音乐学院、体育学院、美术学院等重点高校输送了一大批体艺人才，也帮助学生实现了单靠文化高考不可能实现的梦想……

找到了适合自身发展的新路，一切顺理成章。2019 年高考，体艺类一段上线 81 人，其中美术 53 人、体育 15 人、音乐（含舞蹈）9 人、传媒 4 人，实现了体艺特色教育的跨越式发展。

随着浙江省高考综合改革的实施，何校长带领教师团队，充分研究高考录取政策，先试先行，为学生铺设多元发展的成才跑道。大胆推进“三位一体”和“高职类提前招生”工作，积极探索适合本校学生发展的高考录取模式，连续取得优异成绩。本届 176 人被各大专院校提前招生录取，成功实现了“让每位学生有大学上”的既定目标。

乡村教育，沉下心来，找准定位，努力做自己，亦大有可为。

2

乡村教育的崛起，须劲往一处使，发挥“人即人才”的力量。

人心齐，力断金。一所学校，凝心聚力，坚持一种声音，传递的是一种共同的愿景。认识到位了，找到几个点，做得有意思，学校的活力就出来了。

同属乡镇教育资源整合的学校，毕浦中学近几年来实现了跨越式发展，成为优质、标杆性的农村示范初中，这得益于学校的领头雁——应荣军校长，善于做“人”的教育。

应荣军校长以校情为基点，注重“人”的潜力挖掘与个性发展，即注重“人”的态度、能力、品质的提升。他敢于直面问题，尤其是学科质量，敢动真格，下真功夫，真抓实干，寻找学校高质量发展的突破口。

他深入工作一线，深入学生，深入教师，深入课堂，以谈心谈话谈成长，铸就了一支心齐的教师队伍。在毕浦中学，教师特别有归属感，执行力与发力点一直趋于高位。连那些调离的教师，也一直记挂与感恩这里良好的育人氛围。

全县后勤工作现场会上，一位领导说："看到文化礼堂后面，一直有老师自愿在服务，老师空课了就来，没有间断过，这么好的凝聚力，让人由衷地佩服。"

学校管理务实精细，与时俱进，更趋实效，更注重人文情怀。学校从育人观上强调教师成长获得感，从质量观上体现教师价值存在感，从人生观上获得教育幸福感。

在省教育评估院进行三年发展规划终结性评估中，光是"教师发展"与"教育科研"两项，一系列眼花缭乱的数据，就让专家们惊呆了。

省教坛新秀称号 17 人，市优质课获奖 12 人，县优质课获奖 27 人。其他获奖省级 5 人次，市级 12 人次，县级 57 人次。其中，获得市级各类教师技能比赛一等奖 11 人次。立项课题 77 项，其中市以上 19 项，省市课题成果获奖 16 项，县、市以上获奖论文 117 篇。

数字的背后，是应校长对教育的一份初心：培养人，成就人。他始终把教师的成长，把教师队伍建设放在一个重要的位置。这些年来，通过教学技能比武、作业设计、读书活动、每周一课、微论坛等活动，教师成长迅速。

评估反馈时，省评估院的专家个个竖起了大拇指。殊不知，优秀的背后，是应校长在学校管理、教学质量、德育美育等方面严苛的创新思维的引领下，带动了学校与时俱进的发展。

三年来，学校高位运行，荣誉等身，广受赞誉，成为"校园优美、教师专业、质量过硬、管理科学、特色鲜明"的农村美丽学校。学校成为杭州市首批"美丽学校""文明校园"，连续两年考核优秀。

3

乡村教育的崛起，细节方显本色，细节赢得赞誉。

地处偏远的深澳小学校长方永正，是我喜欢与敬佩的校长。他积极实践与探索小微学校发展路径。在“永正看教育”里，他“把家长会开到村里去”，开成一次文化下乡之会、一次教育宣传大会、一次难得的表彰大会，同时积极研究和实践“贴着学生、贴着问题、贴着家长”。他认为，多为老百姓着想，老百姓才有更多的获得感，学校才有可能成为家门口的优质学校。

他在写给全校老师的信中说：“高质量跨越发展需要我们低姿态匍匐前行，重提目标，重做教师。贴着问题研究，着力课堂，朴实出招；贴着学生实践，入孩子的心。”

这是一个乡村教育工作者的高位思考与精准发力，我们期待更多这样的校长。

4

没有哪一所乡村学校是容易的。譬如，作为农村外来务工子弟学校，桐庐分水西关小学，“新八德”教育，融入“家”的理念，走出一条基于校情、生情的教育希望之路、振兴之路。我想，有了一群人，一个梦，一起干，我坚信：乡村教育的振兴与崛起，是充满着希望的。

再次回望一份份喜报，在感怀的同时，真心为乡村教育取得的成绩与荣誉点赞。

第三卷　年的味

我们来自时光，最终囿于美食与爱。小小的一方天地里，对味道的探寻与芳华的记忆，一路衍生出活色生香的盛宴。时光荏苒，口味会变，心里惦念的，仍是年的味，和母亲站在灶边的身影。

菜　地

你站在老家的菜地，该是多么的纯粹。天地采撷间，获得一份朴素的清新，这是无比欢欣的片刻。

像我，从农村走出去的孩子，心里总是会惦记着家，母亲，还有自家地里的蔬菜。周末，照例是要回去，看父母，顺便摘些菜的。

后岩老家有三块菜地。

家门口，一长溜地。用竹篱笆围着，种些辣椒、大蒜、丝瓜、黄瓜、冬瓜、茄子、干豆之类时令蔬菜，品种也多。有时杂事、农活忙着，或临时来客，走几步，拉开篱笆门，随手摘些，清炒上桌，吃个新鲜。

每次回去，总要往菜地里转转，心里便喜欢。

青青的西红柿、嫩嫩的青椒，竹竿架上丝丝缠绕的藤蔓，都牵扯着时光，清理着我略显浮躁的内心。

父亲是个篾匠，年岁大了，乐得在老家种点蔬菜。在我眼中，他是个平凡、质朴、充满劳动热情的人。

“你爸种菜是本事的，就是种得太多，吃不了。”母亲常夸父亲，“他不喜欢起早，都要我去卖的。”母亲又嘀咕一句。

家门口，顺着石墙，搭干豆牵，或是丝瓜、干豆、黄瓜架子。父亲用小毛竹杆，大头削尖，插泥土里，毫不费力，也弄得齐整。

“搭杆子的菜，浇点水就好的，好种。”说这话时，父亲轻描淡写，显得很自信，“今年青菜很难种，好多人家的被虫子吃掉了，不过我们家的还不错。”

我料想，父亲对青菜的料理，是费了些心思的。从长苗、抽叶，泛青，到成熟，父亲用了足够的耐心等待和侍弄。他做事总是这样。

第二块菜地，在桥头村口，是父母的口粮田。通向田野的那条水泥路，往里百来米，面朝“捣蛋精灵农乐园”方向，大风车塔外，栗子树、长竹篱笆下，一长块到底的田地，是我家的自留地，也成了我父亲每季辛苦忙碌的菜地。一辆三轮车，贴心地跟着他，来回地跑。

这里种长轮的蔬菜，芋艿、玉米、小白菜、土豆，还有干豆、冬瓜。譬如冬瓜，今年收了一百五十多个，最大的六十八斤重呢。系上围裙，拦腰抱，都困难，得两个人慢慢抬着出来。冬瓜有青皮或白皮的，大小也可以挑，销路还是很有问题。一般是大学校，或大厂食堂。喜欢吃的人很多，但一个冬瓜切开，很容易腐烂，不好销。这也困扰着父亲，有时候，看着这么好的冬瓜烂掉，心里又可惜又难受。

9-11月份的紫干豆，父亲说，有一千多株，大丰收。紫干豆特别糯，炒着，或蒸熟些，味道都好，每天凌晨出货。母亲的辛苦，却并不那么清晰。干豆洗净，一把把扎起来。明起个大早，换几十块。

母亲并不觉得什么，她还说：“芋艿还嫩，喜欢就刨个地，吃新鲜。桂花开了几树，香，扳几支回去。二楼浇好了，你安心上班。”

再往下，云头方向，机埠头边，江堤下边，父亲整出了一块菜地来。原是人家的地，久未料理，荒在那里，杂草丛生，毫无风物之感。父亲觉得可惜，向人家要了来。慢慢地拔除杂草，一锄一锄地拓土，地也慢慢地像样起来了。再挖坑，施肥，洒些菜籽，种些辣椒、青菜什么的，地就活过来了。

微雨渐止，跟着母亲下地，摘些菜去。父亲已在堤埂那头，身形在辣椒丛中，略显孤单。满筐了，喊我再拎个篮子过去。母亲说，摘过了，辣椒还这么生。媳妇也喜，摘得欢呢。野望处，辣椒青青，仿佛给内心清理出一块净园，可以无惊无扰地享受整个世界。

红番薯、土豆、萝卜，一大块一大块的种，挖出来，充满着泥土的气息，有一份朴素的清新和毫不掩饰的开心。

老丈人家在新龙村，依山傍水，自家也有毗邻的两块菜地。隔天，我们都去收菜。

春天里，油光光的小青菜、茂生的大蒜、大片的油菜花；夏日秋风里，成片的毛豆、丛生的辣椒、竹架上的干豆，都让人手忙脚乱又怦然心动。

中秋时节，第一波毛豆，已趋饱满。挑了几株，坐路边剥。可以想象，豆肉嫩膜与碎细青椒缠绕，是如何的鲜美。

村庄深处，每户人家，门口都有块菜地。菜地物语，净无尘垢。无论种着什么，看上去，都有一种说不出的欢欣，还有一份朴素的清新。

那么，抛开俗事羁绊，向着菜地的方向生长。那里有父亲扛着锄头和母亲下地的背影，坚定而温暖。

五云山

1

幸运的是，我还在你在的小镇，我还能在岁月的轮转与沉淀中，去真正感知你的呼吸、你的脉搏。有那么一刻，我停下脚步，好像你对我是陌生的，而且一切过往都是那么的久远。

假如那么想偷懒，可以抄近路走，上岭，往左转，下山坳，经烈士墓，施肩吾读书处，草坪，亭台，小石桥，小喷泉。若往右，走洗砚池，老四合院，五十三级台阶，参天古木，或片刻的凝立，或深情的回望。

一株古樟，纠葛着引体向上的年岁；满眼金桂，演绎着一贯沉默的芬芳。六年的落脚地，身体已经连接这里的土木花草。一个人在台阶静坐，喜欢与树与风调情，我似乎能听见它们悄然而凝重地相互告慰以及当年陪伴树下读书的我的无言。这一刻很美很温暖。

多少年了，一届又一届，而你早已岁月了最初的面孔。老大门，起了气派的牌楼，“状元”高悬——左“贤致”，右“经民”，文化意味深长，也彰显着曾经的荣光；新大门，阔绰地显摆在闹腾的院士路上，“高考荣誉墙”上是鲜红的新时代徽章。

2

原先通向食堂的一条满是茅草石壁荒了的山路，左上边已是五云山烈士墓，古木森森，庄严肃穆；右下侧则是四幢学生公寓。后排的教工宿舍变成了草坪，施东斋和徐凝论诗的雕塑，在此静静地守候。教学楼前的旷野，没几人敢跳的高坎，那一片田地，已是“三一楼”、“东斋楼”、体育馆，绕下去，是偌大的田径场，空旷无比，小子们在这儿奔啊，跑啊，跳啊，也是我常来踢球的地。

但每一回，我都会安静的站在这里，抬头仰望，那棵遮天盖日的大树，和它近旁底下的那一片。那一片天空下我的小世界。

恍惚记得，我在班里坐的位置，通常是临窗的，这让我有机会逮个空，就溜这边几眼。砰砰砰，那个篮球撞地的声响，就跟我怦怦怦的心跳一样。午后的阳光，透过层叠交错的树杈，落在几十级的看台和斑驳的球场上。每天就巴望着布告栏上的“球讯”，没事也逛过去看。一有比赛，一下午就不好好上课了。也因为喜欢泡在球场，忘了时辰，常常满头大汗，在教室门口挨站。但这似乎比什么都快活。

最喜欢比赛摸篮筐，助跑，腾空而起，啪啪地打在篮板，或篮圈上，那个嗨啊。再就是一对一，或三分远投，都是尽兴地玩。有一次兴奋过头，球意外地砸到了体育章老师，弄得他蹲下身子，满脸通红，眼泪都出来了。但他并不怪我，上高中，还想让读文科的我练体育呢。还记得文理科对抗赛，几乎一个人拿分撑场，但最后输得很惨的比赛。也记得了“四肢发达，头脑简单”的气话，叫人心烦无奈。

那时候，我是个乖巧的小男生，跟着哥住学校广播站，老教学楼西侧一二层楼梯间，自由得很，常有同学来串门，所以校广播站工作是很受同学羡慕的。我先是跟着学，放放广播操、课间流行乐。那时广播操放的是唱片，唱针放的那一下很讲究，既要轻，又得位置准确，到位了，音量再加大，才放出去。然后我就跑到二楼走廊，看全校做操，一大片的人，齐整的动作，很享受。后来就连学校大型活动广播的安装、调试都由我做了，我还觉得挺神气，一直到高中毕业。你还不信，我至今不会做广播操呢。

那时，食堂还在现在的学生宿舍区，学生都是蒸饭的。哥俩的饭也都是我去蒸，去捧。老远的路，很勤快，整天乐呵呵的。你可能不信，那时哥俩大多吃的是食堂菜，跟老师一样的待遇。每周家里给五块钱，足够兄弟两人，还有得多呢，青菜豆腐，五毛钱一份，食堂阿姨给满满的一碗，可以拌汤吃两餐。零钱我从来不用的，傻吧。

多年以后，我才想起，我那时还是个多愁善感的孩子。有些事情本来永远搁在心里，成为秘密了，想起来，就会不自觉地扬起嘴角笑，意味深长，很甜蜜。那时，我身材瘦小，两颊有小酒窝，眼睛特有神，见不得纯粹的女孩子，或扎着辫子，或披着青丝，都那么好看；说话又特别好听，是那种笑着的声音，像天籁呢。

《国风·卫风》里有首《硕人》：“……东宫之妹，邢侯之姨，谭公维私。手如柔荑，肤如凝脂，领如蝤蛴，齿如瓠犀，螓首蛾眉，巧笑倩兮，美目盼兮。”

一个乡下孩子，纯真，早熟，有着那个年纪特别的敏感，特稀罕她们身上那股文艺的气息。从一楼到二楼的那个拐角，早自习前，都不记得是邂逅，还是真的等待过。每次与她说话，都特别怯生，每次换座，总想离她近一些。就像文科班，分电影票，抢着和某人坐。拉拉手，都是最大胆、最奢侈的举动了。嘿嘿，那个单纯的喜欢，和多么纯粹的时代！

而读书，确是稀里糊涂过日子。刚进去，排前面的；一个学期下来，中间档了。唯一骄傲的是，我的恩师钟海良老师后来说，语文我每次不会低于八十分（总分一百分）；也有遗憾，作文从未得到过表扬。这里“学霸”云集，高手太多了。而英语呢，时间都花在篮球场上了，只得在傍晚坐到老师家门口小板凳上背书。不过，有时候还能享受陈关法老师家香喷喷的饭菜，还可以多看几眼老师家两个漂亮的小师妹。而读读背背，基础也打得特别扎实。

初三，我生了场病，在学校，也得天天往医务室跑，五月份就回家静养了。每天在屋前，坐在小竹凳上，朝竹林小径“望穿秋水”。期间真有不少同学来看我，还有女同学家长到田间地头找过我，好尴尬的，好在我没有“犯规”，也好在前三十名是直接保送进高中的，我又可以回到这里读书了。

也因为放弃考中专的机会（谁去谁考上），被严厉的教务主任陈加华老师全校学生大会批评。我是羞愧的，父母曾到学校老师那里多次请求过。谁让我是那个坚决要考大学的倔小子呢。

3

有人说，高中时代，是最让人难忘的，确实。

我在中学时代当过最大的官是团支部组织委员，这个工作最大的好处是发电影票。而我们班又是全校看电影场次最多的，全因为有个好班主任——徐关富老师，那个不苟言笑，挺严肃又让人无比尊敬的人生导师。

我那时仍是顽劣成性，不好好读书，晚上常翻墙出去打桌球，最后总是被候在四合院的烟腔徐责令站壁，然后低着头习惯性地等待十二点的到来。老徐从不让我们站过头，从来都是一声不响地把我们从校长室里领回去，从来都是在无动于衷的表情里，答应我们诸如月考后必看一场电影要求的，即使校方反对。

说说发电影票吧，本来也轮不到我发，班上有班长兼团支书呢。可我们是兄弟。高二那年，第一次进城，在武林广场，在西湖边，简单的形式，木木的表情，欧巴大长腿，三个惺惺相惜的小子结拜了，成了一生一世的兄弟。班长居民户口，一身正气，又帅，这个年纪，当然忙了。我人缘还好，就代劳了，也不知成全了多少，谁没个青春呢！

文科班的男生是快乐的！活动很丰富，班上有几个女生特别活跃，特别好，常常组织野炊或者秋游活动，老徐也很支持，所以很有趣，很快乐！

那一次九龙山野炊活动，组织得很有气氛，大家情绪满满。第二天早晨，下雨了，大家立在教室走廊里，很失落，那个不痛快，也有几个打退堂鼓的，我是那个特别坚决去的。最后老徐定夺，一句“浪漫不喜欢吗，走”，大家欢呼起来，朝雨里跑去。微雨中，五十六张青春快活的面孔，在河边鹅卵石上，在朵朵雨伞下吃饭的情景至今难忘。

还有一次去紫燕山下水库玩，骑自行车去的。男女生搭配，颇费心思的。我是和事佬，又讲义气，大家挺我，事情办的通气。出发了，男生踩得起劲，你追我赶。女生在后座不得不抱着，味道的，那扬起的嘴角和发丝那么好看，在暖风中心情特别地放飞。多多少少，萌发了青春的懵懂思绪。

五云山古朴的台阶上，常是中饭时光，三五同学，扒着霉干菜或榨菜皮，谈女同学、电影票的事情。要高考了，一副无心恋战的状态。

让人肃然起敬的教导主任周衍老师，特地给我开小灶，补数学。最后考了九十三分，全是立体几何不懂的缘故。而金老师的地理课，说得很开，我听得玄乎，复习不到位，掌握得忒虚，结果五十三分呢。虽然我的语文、英语很棒，历史我是课代表，又是名师周玉琴老师（黑板字写得那个工整清秀，人又端庄优雅）、俞明辉老师（见解独到，思路宽而清晰）带的，也不错。

在近十二比一残酷的外兼文录取比例中，没有什么用心的乡村小子，终于卸下村里人从小恭维“聪明”的光环打道回府。

整个夏天，听崔健的《假行僧》《一无所有》，张楚《孤独的人是可耻的》，窝在农村燥热的空气里，写下“悲哀啊，像一把泥土”之类草根的话语。

“背起行囊，穿起那条发白的牛仔裤。”还记得这首歌呢。在一个没有任何征兆的午后，我用打篮球的身手爬上拖拉机，让村庄模糊在自己的视线之外。后来听说，妈妈在后面追啊，追了两个村庄，最后在砖山河埠头哭。

那一年，黄土地正流行齐秦“外面的世界很精彩”。

造化弄人呐，早先那个山里小子，暂时忘记乡村生活的寂寞和农事的辛苦，从村小考到地区重点中学，一天到晚想着篮球的顽皮小鬼，居然做了老师，还常带队来这里巡考。五云山上的师德师风，潜移默化，藏在记忆深处，也一定是会有传承的！

五云山，我很幸运，还在你在的小镇。

谨此纪念我们逝去的青春和永远的五云山！

老同学

1

《论语》讲，三十而立，四十不惑，五十而知天命。对奔五的人来说，另一段丰盈沉静的秋注定开始，一些果实会被拾捡和洞藏，一些种子再次飘落泥土，世间万象温和安妥，如同分水江的一汪碧水，清宁洁净一般滑向季节的深处。

30年前的那个夏天，一群小小少年，穿过五云山的老四合院，沿着古朴的石阶，逐级而下，无问西东。

很多人，走着走着，就散了。而30年，若一直被惦记，是何等的幸福呢！

2

每一抹晨曦里，一句“同学们早上好”是他满满的诚意，携着清风雨露，越过千山万水，沐浴着温暖如春的祝福与美好。

每一个自然醒的周六，他一指密码，发出8份或10份小小的心意。红包里，坚守的是一份同学之间难以割舍的朴素情怀。

他平心静气，用心用情，勾连着如烟往事，经营着这一方小小的净土。他的内心必定盛放着大美与大爱。

在我眼中，他还是那个穿着白衬衫，戴着团徽，面孔干净，目光坚毅的阳光大男孩。而现在，他依然是我们的老班长。

3

我到了你的小镇或城市，在清晨，或某个下午。这里有你的味道，飘在每一寸的空气里。

其实我想联系的人真不多，也无须多。我离往事很近，你离我也不远。于是我给你发了微信。

你可能是 FWJ，也可能是 QGW，或是 LZM、FYL，都一样。

岁月，让很多东西都贬值，比如渐渐老去的身体，比如苦心积攒下来的几处房产。可是，这么多年，与你有关的故事，仍历历在目，盈满香气，哪怕一杯酒，一口茶，一张老照片，一首老情歌，都能勾起泛黄的章节。

如果你不嫌麻烦，不怕破费，我还会抵临你的小镇或城市，还会一次次地向往事靠近，在某个小巷酒馆，或是茶楼角落。

在我的记忆里，你和五云山的石阶一样，是历久敦实的兄弟！

4

享受人生静好是许多女子一生的追寻。

我感谢我有这样的女同学，在她们艰难困厄或平顺明媚的日子里，还有人，如我这般孜孜追寻她们，去感受她们，在某个角落里关注她们。

我甚至可以想象，30 年前，刚遇见的小女生那会儿的样子，扎着小小马尾，顺着丝丝刘海，露出浅浅酒窝，或朴素清新，或矜持脱俗，或落落大方。

无论有过怎样的故事和心情，她们眼神里流露出来的是宽容、温润与岁月的静美。在我眼里，都是值得回味与珍藏的。

比如KXY，那时候，小鸟依人，眼神羞涩，看电影，坐在身边，不拉手，一句话也不说，就已经很美。而今在自己的行业里驾驭自如，风生水起。常徜徉于山水之间，尽享蓝领情调。

顺便说一句：今年她的女儿考入四川音乐学院。小两口的日子从此自在轻松。

又比如WQH，高三那年，我们去百江杨村水库野餐，她一定要坐我自行车后面，以避他嫌，惹得不少人“羡慕嫉妒恨”。我记得她朴素干净热烈的眼神，这个洋溢着青春气息的漂亮女生，那时你可能无法想象，她的坚韧、低调与慷慨。

在这里我也顺便提提她的女儿，颜值担当，才艺超群，明星范，今年考入了中央戏剧学院。了不起的女儿，了不起的她。在她身上，见证了大人为了子女的成长、成才付出的爱和一切。作为她的同学，我为她感到无比骄傲。

5

这世间，也总有一些人，有看尽风景的豁然，遗世而独立。是山野竹林里的晚风，簌簌中有风骨；是龙坞山里的清茶，盈出最淡滋味却倾城。

我说的可能是ZWQ，也可能是XXX、FLY、WSJ等，她们在我眼里，是浓艳的。但那艳又是素的。她们在自己的圈子里是榜样，平衡自律有担当；生活中，又注重孩子成长、家庭和顺。她们活在自己的时光里，成为寻常日子里精致的女子，做自己，做自己真正的主人。

而一个女人，唯自身有能力，心中有底气，才能赢得生命深处的掌声，才能收获活色生香的幸福。

6

我也感谢像我这样尚未从尘世里活出境界的凡人，能静得下心来，坚持自己喜欢的东西，比如写作。

我心中有情，情到深处须喷薄而出的时候，我写；静下来，心念纯净的时候，我写；闲人风物，扑面而来的感动的时候，我写；无端起伏的心情，激得水花四溅的时候，我写。我得感谢我能写，哪怕是稚拙地传递，那些日常的美妙、心中的美好，都是好的。

没错，我一直在追求自己的灵感与自然之路，我把心中的情愫演绎成一个个汉字，第一时间发在我们89文科班的微信群里，但愿你们不嫌烦。我没有别的意思，也无须点赞，我只证明我的存在，我也是这里的一分子。

7

年轻时勇敢地迈出第一步与中年的坚持同等重要，这是我从FB先生和ZWQ美女身上学到的，他们是我这个行业学习的榜样。

我相信，在一切有价值的自我建构中，有其本质的理由。

没错，我也一直在向上走，往里想。

放纵和愁闷过了，纠结和自律过了，现在，我抱着做回自己这个最简单的初衷，来完成我人生第二阶段的书写。

譬如，喜欢着工作，工作着才自由舒坦。

又譬如，坚持常识，回归自然。放得下，撑得住，在日常的细碎与有趣之中沉浸。

莫泊桑在《人生》里说：“生活不可能像你想象得那么好，但也不会像你想象得那么糟。”一辈子不长，好好生活，好好爱，且行且珍惜。

而我，好像是一个迈着农业步子慢行的人，与狂奔的现代，礼貌又节制地保持着距离。我绕开了它的快，我坚持着我的慢。

于是，日子就这样了，一些美妙的小场景，小确幸，有趣而美好。

愿时光不老，许故人不散！30 年，老同学，一直被惦记，是何等的幸福！

感谢所有！祝福每一个！谢谢！

赤豆汤

“赤豆汤，甜酒酿”，又一声“甜酒酿，赤豆汤”，街巷里传来了熟悉的吆喝声，一辆搭篷的三轮车从眼前缓缓驶过……

赤豆汤，甜酒酿，那些夏日冷饮，勾住了多少的味蕾和清凉。

“来碗赤豆汤？”

“好的，汤多一点。”

女人从冰箱里捧出一大罐来，又用大勺盛到小碗里，送到茶几上。旁边盘子里，放着几个毕浦小笼包和土鸡蛋。

不错的早餐，我从沙发上一跃而起。夏日，赤豆汤，或是甜酒酿，冰镇一下，超级欢喜，吃不厌的。只要想吃，女人随时会做。

舀一小瓢，送入口中，有点微甜，又不腻；有点糯软，又不烂，简直冰凉爽口。女人自己会做，用着心做，慢慢做出味道来了。

想想看，赤豆这种热烈的、阳光的还带着点小脾气的硬果，不开心了，不软，甚至有些憨厚老实与小笨拙，哪里适合汤水的性格。但第一口下去，就改变了我的刻板印象——这简直就是天造地设的一对嘛！

水的包容性在此刻被凸显的淋漓尽致。赤豆的味道巧妙地融入水里，在白糖的拌匀调和下，并不甜腻，反而增加了糯和软的口感，吃起来就觉得十分和顺，其中颗粒感明显的豆肉是生活中的“小确幸”，为糯软的口感增加了一份韧劲儿。

剥个鸡蛋，抓两个包子，和着那一碗赤豆汤，超级爽。

对于喜好冷饮的人来说，自己动手做也不难。挑一色的红豆，不用浸泡，用清水洗净，放入冷水中，用电砂锅炖煮，一个半小时左右。中间试味道的时候加入白糖，出气，焖着。

打开盖子，撇去上面的浮沫，倒入钢锅，凉凉，再用保鲜膜封好，放入冰箱。想吃了，就可以舀一小碗。

来碗赤豆汤，真不是什么稀罕事。早些年，就大不同了。人们哪有闲工夫做，又哪里这么容易吃到。

20 世纪八九十年代，农村里的人，“双抢”忙得要命，旱田里割稻，打稻；水田里拔秧，插秧。农忙间隙，往栗子树下一坐，庇个荫，抹把汗，来碗茶，吃块西瓜就不错了。如果大人高兴，买根棒冰吃，小孩就开心得不得了，活也干得起劲了。

“棒冰棒冰，赤豆棒冰……”吆喝声在田间地头里回荡着，勾起了多少人的舌尖欲望。割稻的，插秧的，齐刷刷直起了腰身，朝那吆喝声寻去。

基干路上，一个人影，一顶草帽，一辆自行车，在白花花的天空下，孤独而又充满希望，仿佛风也凉了些。人们的脸上顿时显出憨憨地笑，好似一下子洗去了疲惫。田埂上，人也多了。

小孩一般会看下大人脸色，然后又乖巧地继续干活，装出一副只顾劳动、顾不得吃的样子，以此博得可能的奖励。等大人一开口，这边就跳将过去，一下子就把卖棒冰的围上了，只等他打开后座上的木箱子。

卖棒冰的一掀开上面的一层厚棉纱布，就有一股冷气冒了出来。木箱子一般有两层。上面一层是白糖棒冰，花纸是白色的；下面一层是赤豆棒冰，花纸印出赤豆的颜色。

白糖棒冰最便宜，两分钱一支，放入嘴里，舔一舔，冰凉冰凉的，又有甜甜的味道，好吃得很呢，根本舍不得用嘴咬，只是舔。先是舔头里的那一点点，忍不住的时候，就整个的掬一口，用舌头把那些流淌的汁液全部吮吸到嘴里才最好，透心凉的爽。

赤豆棒冰要贵一分钱。

那个年代，好多东西是要凭票买的。赤豆、白糖，当然也不易买到，而且赤豆棒冰的做法也没多少人会，人家也不会平白无故地教你。做法虽然简单，谁又有闲工夫去研究这个？

而吃赤豆汤，还得赶到镇上去才有。

我记得在镇上读初中的时候，老汽车站附近，有一个专门卖冷饮的店，供销社独家经营，相当于集体企业。凭票排队，就像当年武盛街文化馆弄堂里的矮子包子，又似现在的一些网红吃货点，一长溜的人，生意好的不要不要的。

那时候，乡下人来一趟镇上不容易，基本上是几十公里的路，靠两只脚走来（人们称之为“11路车”）。公交车一天一两趟来回，少得可怜。

除了来镇上办事情，吃也是很重要的。

矮子包子是要排队的，几条板凳，几张木桌子，馄饨、白粥一起供应。人头攒动，一派热气腾腾的场面。

再就是到专门的冷饮店里，坐一坐，歇一歇，来碗赤豆汤。最好赤豆多一点，汤也满一点。这里的人气旺盛，而座位儿并不多。前客让后客，吃了走人。

但吃赤豆汤，还是非常讲究的。一两毛钱一小碗，不要说成年人，连小鬼头，一口气也能吃下好几碗。但这种吃法不现实，也是不存在的。面前摆上一小碗，已经不错了，过过瘾吧。

捧起来，一口到底是爽爆了的。但永远不会这么奢侈。得一小口一小口地吃，像外国人呡红酒，喝出滋味来。

想去柜台再加一点点汤，也是不可能的。汤，永远是赤豆汤的一部分。即使最后有一点赤豆残余，也只自己舔了去。再来一碗是不真实的。

这里头，大概有一丝丝对旧时光的怅惘与追忆。日复一日的饮食里，浓缩着你倏忽而过的年华，或许全是温情的烟火味道。

倘若你觉得夏天没胃口，那就试试来碗冰赤豆汤吧！赤豆多一点，还是汤满一点；一瓢一瓢地小口，连续的几瓢，还是端起碗来喝，随便你。

一九九三

小屋里，干净的木板地，胡乱地躺着些书。没有床，席巾就铺在中央。竹枕边，一只素灰的小台灯，一把不大的紫砂壶，一本《瓦尔登湖》。七八十厘米外，蓝色的小电扇安静地守望着。再没什么了，如同喜欢的 BEYONG，在质朴中淡出激情。

若有风，邻窗梧桐，枝青叶绿，结实的小串，会发出轻而脆的声响。我站在窗口，望见了村庄、远山和天空。

确是好水，一尘不染的好水呵！从潘家电站到野炊目的地，从窄小的山路，拂面撩衣的山边树草间穿过，眼前便是这条外马溪。溪上无桥，十几块大小不一，看上去光滑晶亮的石块在水中参差不齐地跳搁着。大水刚退去，搁脚的只露出一小部分，不小心会滑下水去。

大个的男生过去了，小个的和女生只能面面相觑。“我背你们过去。”卷起袖子，脱了鞋，卷上裤脚就下了水。水在脚边欢快地流着，时不时没湿了裤腿。小个男生陆续上了背。我小心翼翼地移动着。水有些凉，水中又多小石，只好一步一歇。过去的学生在对岸为我加油鼓劲。心里暖暖的。在水中，又觉得心和孩子们融在一起了。

女生却羞答答地不敢上来，一个推一个地上前。“没事，”我笑了，“男生在那边等着呢。”女生见老师一直在水里折腾着，汗早已上了额头，裤脚也已湿透，人也有些着凉了，才慢慢移上来，咬着嘴，箍紧我的脖子。

不知什么时候，过岸的学生拣来了根棍子，递给了我。山里的娃，如这水般纯净透亮。我的心里就很感动。

再往前走，眼前是一片空旷的溪面，溪中大石、小树丛交错相间，水边还有沙地、水田，因常被水冲刷，而显得特别清爽。学生按自己喜欢的分小组找地块安营，有的在河边挖个深些的洞，找来大小不一的石块，搭起锅架子；有点就选在靠山的石块边，捡柴的，洗菜的，舀水的，各自忙起来。

野炊彻底释放了孩子们的心性，如同山里的阳光般，仿佛每一个角落都是鲜亮的，快活的。一盘盘菜上来了，看上去有模有样的，青菜肉片、鱼头豆腐、炒鸡蛋、笋干汤，不愧是山里的孩子，家务活儿样样来得。来不及洗净乌黑的鬼脸，这边争着叫老师吃块红烧肉，那边喊着来尝尝那个烘番薯。闹腾了，说不出的快乐！

孩子们走远了，山里又寂静了。脚在水里也泡久了，就上来暖一暖，我很满足地躺在大石块上，用报纸遮了面，有一种悠悠的惬意。

记不清生命中有多少个感动在这里拥有。

秋天的某个午后，如果是个好天气，譬如，暖阳高照，和风微送，那是孩子们最开心的日子，勤工俭学的小半日——上山砍柴去。通常是六七人一组，要求女生每人三十五斤，男生五十五斤，每一组多出的斤两可以领一两块钱，买棒冰吃。近村的拉来独轮车，其他的系上柴刀，红旗在队伍的前头飘扬，一行人欢歌笑语，浩浩荡荡地往山坳里去。

路，曲折蜿蜒，远着呢；山，看上去就高，还挺陡。山里的孩子可不怕。砍，捆，翻，力气大的，帮着力量小的；男生呢，也乐意帮着女生。一捆一捆的柴，从山上翻滚而下，小伙伴们多开心啊。

装车也得费些周折。女生坐在左右车把手上，随时保持车身平衡；男生前后抬起柴，往车上放，一般是上下叠放三四捆，再用绳子绕着车轴与车档捆紧。歇一歇，喝口水壶里灌的山泉水。力气大的男生把车舵，其他男生前头拉，两边扶，女生用难懂的方言说笑着。

不经意间打动你的，是晚上放在房门口塑料桶里待洗的衣物，会莫名的不见，而后在第二天傍晚时分又干净整齐地折叠好，放在你房门前——可以想到，学校山下的那条小溪边，两个女生边轻搓着衣物，边说笑的情境。那时的女生喜欢你，为老师做点事，该有多羞涩，多淳朴啊。

很多课余，可以痛快地打球，男生女生都来。在黄泥土不平的操场上，奔来奔去，抢来抢去，挥洒汗水，把快乐传递，玩得尽兴，即使晚自修迟到了，又有何妨！

山村的夜，月儿亮汪汪地挂在天上，我和几个年轻老师在河里洗澡，四周一片寂静，只有偶尔从村中传来一两声狗叫，这时真的能听到鱼在水里游的声音，我想那是离一些弱小的生命最近的时候吧。

圆通在博客里写道：“每天下午放学，他送走学生之后，便要一个人在寂静得听得见松针落下的山林里静静地坐一会儿，一直坐到夕阳西下。这情景吸引了我。”

我的 1993 年，纯净与天籁，那是最懂得生命的时光。

复读时光

1991 年的春天，我踏着残雪，走出村庄，来到镇上。二招大门边上十几米，推开木门，内里一间小平房，成为我“东山再起”的地方。

到那一天，我已离开我的书本整整半年。那时候，我和你一样年轻稚嫩，一样在为朦胧的前程着急。五十二分的地理，几分落榜的沮丧，惹得自己不想复读。

经人介绍，我落脚在一个叫“百岁坊”的山村，与人一起，租了两间农民的闲房，办起了初中补习班。凭着高中文科的底子，我教孩子们语文、英语，攒些学费。

领头的，我们后来都叫他“大程”，他脑子活，有代课经验，理科又好，找我合作正合适。那个时候，还真没有此类的辅导班，更没有什么校外辅导机构的说法。人们四面八方赶来咨询，让未考上高中或中专的孩子来复读，为的是寻找更好的机会。

我们从临近的初中小学租来破旧的课桌凳，挤着摆，凑合着用。农民房的构造可想而知，有不少的柱子，一楼通间，面积也不大。一下子就有五十来人的规模，坐在后排的几个，要伸出头来，才看得见黑板。条件相当简陋，但大家都是奔着前程而来，也没有什么可以计较和阻挡的，安心读书就是。

对面的木楼，二层是我们的宿舍。老师并一间。边上，孩子们通铺住，简陋，挤挤也蛮好。

学习是紧张的，功课排得满满当当。早自习，上课，批改，考试，讲评，看上去也正规得很。孩子们也努力，竞争的氛围不错，学习上的进步显而易见。有几个女生，把“刻苦”二字演绎到了极致，背英语单词、名言名句，做题做题，不分昼夜。有疑难不懂就问，好学得很，连我也觉得惭愧——自己读书的劲头哪有学生好呢？

课余，大家也有说有笑，玩得开心。我们和学生年龄相差不大，大家打成一片，连衣服、裤子都可以换着穿。譬如，考上省水利水电学校的阿虎，那时都是兄弟相称，叫我大哥的。后来同在省城读书，周末还到我杭大来蹭饭呢。

培训班所在的地方，离我老家不远。沿着山边河道走，半个来钟头的路程。一个周末，三四十个学生，来我家帮忙割稻子。那时，农村的孩子都会干点活的，但也不算是正劳力，玩的成分多一些。

田间地头，割稻子，捧稻子，捡稻子，装麻袋，忙碌欢快的气氛好着呢。几亩地的稻子，一上午下来，就割完，只等大人们下午打稻了。

村里人看着，都羡慕呢。

倒是我妈更忙了：这么多人的中饭，大锅煮，还不够，电饭煲里又下米了。地里的蔬菜也是有的，荤菜不多，就多煎几个鸡蛋。反正家里有的，都上桌了。大家站着吃，轮着夹菜，进进出出，说说笑笑，透心凉的开心，仿佛忘记了劳动带来的疲惫和学业应有的压力。

有一个周末，我们和七八个学生，相约到胡伟家玩，一个叫“双坑”的大山里。大家在学校集合，一起走山路去。二十几里的山路，两侧沟壑清流，石壁峭立，草木翠蔓，青竹满山，山野的纯美弥漫在我们眼里。一路上，我们欢笑在自然的气息里，向着云雾缭绕的高山竹林进发，一起拔笋去。真正的青笋，就在高山的云里雾里。

农家的客气，则在每一杯自酿的土烧酒里，每一口夹过来的菜里。山核桃、花生之类，临走时，都被塞在衣袋裤袋里，生怕装不下。土鸡蛋早用报纸垫着，搁在竹篮子里，还一路送到村口。

去家访，被拉着，客气在学生家里吃饭，被认为是受尊重。火炉上烫着老酒，喝多了就在此歇一夜，否则不高兴呢。更与家长称兄道弟——足见那个时代民风多么的自然纯朴。

在这里，我结识了不少老一辈的教育人，他们待人朴实真诚，对我们的补习班也不看轻，反而提供了不少帮助。我有时也和他们混在一起，也学会了喝“白酒”。但那段不羁的青春，激情燃烧的岁月，未持续多久，半年功夫，就被叫停了——未审批的辅导班，解散了。

于是，大家只得各奔东西。

我至今不清楚，我的那些聪明活泼的学生，那后半年是怎样坚持的。据说后来，有七八个考上了中专，另有三四十个上了高中。这批学生本来底子就不错，给一个机会，他们真就出息了。

而我，也最终来到镇上复读了。三个月的时间，我必须为前程而来。

每个人一生中，或许会有不少贵人相助。我也是，我受同学父母之恩尤甚。

我先是在镇上同学王卫家住，和另一个高复的同学一起。王卫家就在东关，离“二招”也近，而且不收我们租费。我至今记得，王卫母亲如何细心地帮我们安排打理房间，又如何贴心地改善我们伙食的点点滴滴。亲切和善的笑脸常给我们莫大的鼓励。

要知道，高考落榜，寄居生活，是怎样一种落魄的心理？你不经历，是难以理解的。

也难怪，王卫妹子现在遇见我，都叫我哥——毫不见外的亲切感。

我在红光厂宿舍住得时间更长。

那时候，我的兄弟（排行老三）徐波，远在歌舞粮站上班。他家，就在厂区大楼的二层。家里的房间，是里外间的套房，被徐妈妈料理得干净整洁。上高中那会，每次去玩，都被这个杭州下放知识青年所折服。清瘦素净，气质优雅。徐爸爸，有着淳安人特有的淳朴，他是个退伍老兵，烧得一手好菜。我们总去蹭饭。

得知我在复读，老两口二话没说，就叫我住他们那里去。老三也觉得这样好。他知道，我底子虽好，却是个不太静得下来的人，更需要在有限的时间里充分利用好时间。

事实上，晚上在这里独自看书的时间，我的复习效率确实是最高的。一盏台灯，安静地亮着。灯下，一遍遍地翻阅，记忆，回想，默写，没有任何干扰，逐渐形成了学科的自信。

而徐妈妈总在某个时候，在隔壁厨房为我准备夜宵，譬如鸡蛋面，悄无声息地放到我面前。

“饿了吧，吃点，早点休息。”

我每每拿起筷子，泪就会流下来。吃完，我让自己安静下来，又坚持学习一会儿，再一会儿，觉得劲头十足。我想着，复读的同学，也必定也是一直这样坚持着的吧。

我在教室里的位置，有点特殊，没有老师的时候，我就坐在讲台上。老师来讲课，我就坐讲台左侧。因为报名时间迟，这里已没有空位。复读的人，也真是多呢，大家都奔着前程而来。

其实白天的时间，在课堂上，在自习时，我喜欢讲话的小毛病老犯，注意力一直集中不起来，学习效率是有多差啊；临了，还喜欢跟着去录像厅、台球室混呢。

晚上回去利用的那点时间，才是我真正有复习效率的学习时间。红光厂外，四野寂静，夜色孤独而深沉，而我，已不再沉沦。

1991 年的夏天，我收到了杭大的录取通知书，终于结束了我复读的时光。那一年，我不少复读的学生也上了他们满意的学校，算是双喜临门。

但我仍记得差一分半没有上中专的毛，以及他父母在田里摘西瓜时，那种无措的眼神。然而毛现在活得很滋润。当兵之后，他转业进了市国土资源局。

我得感激陪伴我的那些人，和那样孤独前行的岁月。

勾魂小吃

分水小吃的记忆，是从武盛古街开始的。

1

20世纪80年代初，我到镇上读初中，日子过得单纯，逮个机会，就出去溜。一出校门，就是武盛古街。从东关，经濮家弄口，百货店，文化路口，一直通向西关。沿街店铺林立，是当时的主街道，也最繁闹。

文化馆对面，有个书报小屋。玻璃隔的柜子里，是笔记本、橡皮、圆规等学习用品，墙上木格里，整齐排列的是一本本书刊。我常淘的是《课堂内外》《山海经》，或是《新体育》。我现在能写点什么，得益于我的阅读与勤奋。我把钱一点点攒起来买书。当时望着喜欢的书而口袋空空的尴尬，仍记忆犹新。

女店员剪短头发，一脸慈善，看我来，是熟客，会热情招呼。临了，她会说一句："去吃碗小馄饨，再回学校吧。"她知道，我不是去树勇那里理发，就是惦记小馄饨了。

2

馄饨店，在城隍弄口和文化路口之间地块，是夫妻门店。自家的房子，临街，做点小吃，小本生意，日子活络的。店小，摆三四张桌子的位置。那种原木做的四方桌，有细细的纹理，看上去亲切和顺。

女主是一个特别清爽的女人，很会打理，桌子上见不得一点油气。她先是用热水浸泡的桌布擦拭，再用小毛巾抹干，原木的材质就直白的显露出来了。

夫妻俩话不多，捏粉，打皮子，用小木棍碾平、压薄，活儿样样精细。馄饨除了皮薄，内里的肉馅更讲究。我不喜欢肉很厚的那种，还是垂涎一丁点儿肉滑，烫过舌尖的那点味道。稍稍添点醋，放三四粒葱花，舀一勺汤水小馄饨放入口中，囫囵一下，口感极爽，胃里也暖到爆，好似在平静中积蓄了能量。

如今，夫妻馄饨店已成记忆。那地块，小镇烟火色仍在，“小满面馆”，徐星妈的砂锅饺子馄饨，是人们常去的地，味道不错。

据老辈人讲，那时，老街的路是鹅卵石铺的，中间是一块块几百年的青石砖。店铺门全是大木板，开门关门，店家要一块块拆开又一块块拼回去。清早，天还蒙蒙亮，沿着老街去上学，走到新华书店门口有奶奶卖糯米饭，再有矮子包子铺，然后到了老满馄饨铺，他家对面路边有饼铺，卖的是“三角饼”，一定要刮黄辣椒酱。

沿着老街再向前走，到联社对面有老方馄饨，他家的馄饨皮和别家机器压制的不同，是老奶奶亲手做的，又薄又劲道。再往前走几步，是烧饼铺，刚烤出来的小烧饼又香又脆。而天桥下的铺子里数粉干汤最好吃。天桥墩总有个大娘卖油炸馒头和油石粿……

3

“二分钟，就好的。”矮子游哥，一边麻利地盖上小蒸笼，一边用筷子衔点肉馅，一手捏皮子，一下两下，放小笼里；不一会儿，均匀齐整地满笼了。这边热气腾腾的出炉，下边就顶上新的一笼二笼。时常是，几笼几笼地出。

“矮子包子”，在武盛街，文化馆与新华书店中间的小弄堂口。四五张方桌，几条长凳，几个煤饼炉子，几叠小蒸笼，夫妻俩，外加一二个伙计，忙得停不下手，喘不过气来。人们排着长队等候，挤占着道，也没人计较——谁会跟吃过不去！

关于吃，各有偏好。小碟子里放点醋，伴点黄辣酱，筷子一夹包子一蘸，就往嘴里送。油润细滑，温酥可口。也有不吃辣的，倒点醋，蘸着吃就行了。刚出笼的包子，热乎，烫嘴呢。吃香也各异，谁在乎呢？下肚了，饱了，打个隔，就舒服了。

那个年代，逢周末，乡下父母来镇上，也会带上孩子，专门来巷口吃“矮子包子”。

如今小镇上，包子铺多了去了，“毕浦小笼包”也在镇上开了好几家连锁。但上了一点年纪的人，仍然记得当年火爆的“矮子包子”，那一口下去，腻过嘴角的那一丝滋味。

也有老人回忆，真正好吃的小笼包，是在县前街老农行对面小弄堂里的。颗颗小巧，皮薄至见肉，夹起后轻轻咬破，吸一口汤汁，再一口吃下。三块钱一笼。1990 年前后就再也吃不到了。现如今这些小笼包只配称得上“小的包子”。

4

老医院路口的大饼、油条、豆浆，是我愿意骑车过去吃的。有时候去学校，绕远，也去。因为小庆也喜欢，周末懒床，总是我去打包回来。有时去迟了，打烊了，就没得吃了，可见吃客不少，生意好得了。

大老魏包子，就有噶牛逼，逢周日关门休息。在老百货店对面，两大间的店面，姐妹几个一起做大包子，干菜、豆沙，各种菜馅，尤以肉馅最受欢迎。大蒸笼，大包子，生意好了去，一直做到下午三四点钟，才会歇业。就连原来在它对面开饭馆的岭源小哥，“偷师学艺”后，在院士路深蓝酒店对面，开个“鑫丰包子”铺，做早点为主，馄饨、面条、米粥，多种经营，又毗邻中小学，估计也已赚得钵盆满满了。

5

广电路华数边上的夫妻菜饼、煎饺小店，也满热闹的。尤其是下午三四点钟，觉得有些饿了，要吃点心，人就特别多。有的还坐下来，慢吞吞地吃。周末踢球，常会去那里买些。热烫的出锅，装袋，舀点辣酱。路上也不忘用手抓一个，先吃起来。一拎到球场，一帮人，来不及用筷子，没几下，就空袋了。

联华超市门口，十字路口，晚上九点至凌晨，有两个菜饼、肉饼摊，两个大妈，各有口碑。堆成小山似的肉丁，干菜、豆角、笋干、豆腐，吱吱响的大锅贴，你看到捏粉、包肉到烘烤的每一个步骤，会见到买饼的顾客，与他们交流，他们的喜欢令你高兴。

但是，坐在菜饼肉饼流水线前的大妈感受不到这些，这也许能解释我所看到的疲倦和偶尔注意到的欢喜的神情。

十月的深夜，有些凉意。一辆宝马开过来，“八块的肉饼，做个三只，支付宝扫一下。”

一对情侣牵着手过来，“菜饼做一只，六块的肉饼做一只，微信好扫的吗?”

不远处，两个中年男人走过来，“酒多了，做两只饼吃下。”

某个早上二三点进货的女人，电话打过来，“做只五块的哦，就过来拿。”

弄堂口，街边，也常有各式风味的菜饼、肉饼、尖角饼吃。大妈大爷，攒点钱辛苦的。既帮人找回丢失的胃口，满足大家的口味，也承载着他们所渴求的幸福。

6

在小镇的早晨，最日常的早餐饮食是什么，得到最多的答案是吃面。两三分钟煮碗面，捞出锅，大碗里加入膏汤（膏汤是晚间熬好的），再淋上各色浇头，比如猪肝、大排、黄鳝、肉丝，迎着热气，把头埋在碗里，找寻浇头与面融合的味道与嚼劲，不看手机，各自埋头吃面，偶尔聊几句天，也不用太多言语，迅速吃完离席，开启一天的工作。这种状态，是离我们更近的——那是小镇人们之间心照不宣的默契与轻松的温情。

小镇虽小，但面馆也多。检索一下，各有喜好。保证独一份的口味，尽量体面地去盈利赚钱，也不易。

原来长途汽车站边的茅坑面、炒粉干，就很出名。院士路上，也有不少。譬如汇丰面馆、吴家面馆、聚道面馆、弄堂面馆，慧子面馆等。美景步行街，也很多，博记、仁记等。西关路口，据说有一家，味道也不错。

小镇的人本就少，流动性又低，来往面店的都是熟客。也有各地的特色面来入驻，比如，重庆小面、兰州拉面等，也不错。

我一度喜欢兰州拉面，酒多了，压一碗下去，双手捧起来，上嘴唇顶着漂着的香菜，咕噜咕噜两口，就觉得整个就入味了。即使昨夜的残酒，也都被压了下去。筷子动起来，夹起面来，连续的几口，再让牛肉、香菜一起入口，醇厚清爽，亦可褪去几分酒气。跟着几口榨菜、青椒，拌点豆瓣酱，胃和整个身子就暖上来了。

这里的拉面份儿足，用筷子卷起，厚厚的一茬，猛地囫囵一下，再灌汤，滋滋地，满嘴的舒服。最后，留下的还有不少的汤料，再喝一口，再一口，那个满喉咙的味儿。

而我挑面店的独门绝技是，先吃一碗炒粉干，待吃完，感觉一下舌根与喉咙里，是否油腻，来决定这一家面馆是否可能称心如意。

如果不赶时间，我会选择来上一碗拌面或青菜豆腐面，那是喜好一口独特的滋味。

而母亲送来的手擀面，下锅，捧上来的这一碗（下图），特别喜欢。

7

说哪一家饺子馆最好，也只是一家之言。东门旁边的“手工坊”就不错。馅大肉多，料儿足，常去吃，十个管饱。但江边御锦堂的饺子，的确口味极好。

那一日，有个做外贸的安徽人，来这里吃饺子。“烧二十只。”老板娘心想，这人胃口好的。问他喜欢什么馅，他说，芹菜的吧。吃完，他说，好吃，从没有吃过噶好吃的，再来十个。老板娘说，给你烧十个虾仁馅的，换换口味。

端上来，放开吃。连汤都见碗底了，打个隔，还一个劲地举大拇指。“下次我还要来的，好吃。”

因为名气有点做出来了，冷冻外卖的也多了。就好比阳普的饺子，早上要排队伍等，才有的吃，还外销各地呢。

8

联华超市后街的米筛爬，西关金大对面的油食粿，天桥底烧饼、上岭油沸馒头，老街澳馄饨，砂锅饺子，大树下炒粉干，夜宵摊上的炒粉干、炒年糕……

绝大多数人每天更多时间是花在工作上，做小吃那种起早摸黑的辛苦，也完全可以窥见与理解。

而小镇的人们，对小吃的念想，远远超出了我的想象。

儿时年味

小寒过后，江南的第二场雪，如约而来。连续几周的湿冷阴雨，又迎来了腊八。大年，越来越近了。那么，年味呢？

儿时的年味，对一个“70后”而言，似乎早已久远。但稍加思量，细细回味，心底仍有温热。挂灯笼、贴对联、放鞭炮、拜新年，打年糕、包粽子、做豆腐、熬糖油、爆米花、红烧肉、年夜饭、压岁钱……儿时的年味，正如铁盆里燃着的炭火，红红的，烫烫的，温暖扑面，浓郁于心。

在那个物质相对匮乏的年代，记忆最深的，还是过年才能吃得上，从舌尖上滑过的那些味道，才真正勾得住你的魂。

打年糕，吃年糕

寓意“年年高”，过年打年糕。那时，能吃到青菜炒年糕，是多么美妙的事情。年糕切成片，炒得有点酥黄，放入打霜之后从自家地里剪来的小青菜，稍微放点猪油，满满的一大碗啊，一大筷子一大筷子夹着，送进嘴里，到碗底了，头伸进去，“啧啧”舔几下，舌头在嘴边绕个圈，手一抹，再去加一碗。我哪里觉得过瘾够味了呢，那都是扣牢又扣牢的。

打年糕是细活。

母亲将粳米浸透，洗净，放饭蒸里炊熟，装米担箩筐。父亲带着我们，挑着往大队仓库那边去。担子沉，父亲一路歇了好几次。哥哥十二三岁了，有些力气，也能凑着换下肩。我跟在后头，手搭着担，装装样子。

远远地，就听到了机器的轰鸣声。大房子泥墙上，写着“深挖洞　广积粮　备战备荒为人民”的字样。这里早聚集了一些人，隔壁老胡、下后岩的红强一家，敏芳她爸也在，人们按照预约登记，一家家的轮着打年糕，有两台大机器同时开着。

从机器里抖伸出来的，是长长的一大段米团，冒着热气，烫手呢。母亲就座在最近的地方，身下放一大竹筐。她手脚快，一手托着，一手一段段剪下，还相当匀称。父亲就坐她对面，把暖热的年糕，在大团竹编上一一摊开。即便天气冷，年糕也不会一下硬起来。我和哥一起帮忙，横着几根，竖着几根，一层层地叠。热年糕黏性强，回家后还得扳开来，冷直了，又重新叠一遍。

在打年糕的地方，大人小孩，只要想那味，只管伸出手来，接一撮，就可以趁热咬。在这里，是饿不着人的。

年糕一到家，自然少不了火里煨的。我把火钳半张嘴，搁在火炉中央；再把年糕竖着嵌在里边；待有吱吱声了，换个面烤。我是等不到年糕两边松脆，呈黄焦色，就扳下一小块先入口了。

春季开学，家里的年糕还有不少浸在水缸里的。母亲会在早晨，从缸里掏出两根，洗净，切成小段，煮熟，让我们用白糖蘸着吃。年糕糯软，我大口大口地劲咬，最后一口糖水焖下，又饱又舒爽。

做豆腐，吃油沸豆腐

年前，村里每家每户都做豆腐。我母亲巧手能干，豆腐都自己做，也帮着别家做。

那时，黄豆是自家种的，除了有时炒一点给父亲下酒，都留着做豆腐，很少买了来磨成豆腐。

村里有个豆腐坊，专门有磨豆腐的石磨。用木架子套住上头的钩子，人圈在里头拉着摆起来，顺时针地走着，石磨就“吱咯吱咯”动起来。我们小孩子常常喜欢抢着拉，像玩耍一样。“像牛拉车一样的”，大人们就开始取笑了。

四四方方的木架子搭好，里面放着一大块灰色的纱布。纱布上有细密的小孔，大小要罩住得木框，并方便抖拉。把磨好的豆腐放入纱布内，齐边，四角抖动拌匀，再系上口子，用板框压住，豆腐水就四溢出来了。

儿时的我，喜欢去舀几瓢，抖拉几下，再试着压板，觉得很好玩，也很有趣。

最喜欢的是，母亲把做好的豆腐，切成小块，放锅里油沸。旁边放一碗醋，辣酱拌匀，热辣辣地出锅，蘸着吃，味道是好。现在年前，我母亲也还是自己做豆腐。她会早早叫我们回去，“来吃油沸豆腐噢，热辣辣的，好吃。”我自然喜欢，女人也喜欢这样吃。

而黄豆油豆腐冻，则是我儿时最喜欢的一道菜。而今，回老家过年，年夜饭桌上，海鲜大餐，各式美味尽享。但我母亲还会记得盛一碗上来，“儿子从小欢喜的。”

熬糖油，吃冻米糖

儿时的年味里，少不了熬糖油，做冻米糖、芝麻糖的。

一大锅的糖油，母亲足足在灶上站了一个多小时了。她不停地用瓢去撩，去尝一点。是看糖油的黏合成色，也关注糖油的甜香味道。糖油熬得好，冻米糖就像小火炖红烧肉，滋味自然醇厚。有时候，母亲看我馋，会刮个碗口，让我舔着。

长长方方的冻米糖，家里做得最多，连放学上山去砍柴火，兜里都塞着的。而芝麻糖（我们叫它“焦切片”），则稀罕得多，大底是芝麻难得吧，一般等客人来，才肯拿出来。有时候表现好，譬如，我主动打扫门口堂前卫生，母亲会笑着，从布兜里掏出几块给我。

包粽子，吃肉粽

母亲早早准备了粽叶、糯米、板栗，还有豆、红枣，这些都是那个年代自家可以准备的。再买点猪肉（肉粽，馋嘴，好吃，稀罕物），过年的粽子就开包了。常常是隔壁邻居，一起过来帮忙。人多，热闹，年味也足了。

粽子蒸过夜才会熟透入味，刚好当第二天的早饭。我们常常吃得胀了，还想要。

如今，冻米糖、芝麻糖，各种糖油熬出来的；粽子、饺子、包子、米果、馄饨，各种馅的；豆腐、年糕，市面上应有尽有，只要想吃，随时可以了。

而儿时的吃货，以及各种年味，早已与成长的年岁一起，湮没在岁月的沧桑之中，但细暖的温情，如母亲的盐油锅巴，犹在眼前，从未逝去。

2019 年，乙亥猪年，春节将至，回味儿时的年味，又多了几分奢望。回家过年，陪陪父母，走走亲戚，任何年味都值得拥有。

春日时蔬

“都是新鲜菜，”发小通过微信邀我到他家里吃饭，“春天了，来山里走走，舒服的。”

周末的早晨，自然醒。眼见窗外石榴出芽，田野山间春意可期。我骑个电瓶车晃悠着，春风十五里，天空清朗，甚是惬意。

彭家在村边的山坳里，过一座小桥，小径悠然，独门独户，阔天阔地。有两幢半旧农房，主屋居家住人，附房堆积杂物，中间是水池，还有堆得满满老高的柴火。

后山是一整片的松林与毛竹林。眼下正是出笋的时令，一夜小雨，笋子突突地，从地里钻出来。矮墩的，长头的，一个个披蓑野散开来。一阵春风拂过，突觉林间哗哗有声，山野的气息就扑面而来了。

门前，彭家女儿正在剥毛笋。“我爸挖的，天天有的挖。”娇小清秀的她，一回家，就帮着择菜。面盆里，已有不少笋肉。毛笋带鬃毛似的壳，用菜刀一捋，顺着口子剥，大块大块的下来，顺当，有趣，蛮有成就感的。削去根的老硬部分（少削点，老人说，有嚼劲），用雪菜腌菜，加上小块火腿或咸肉，小火慢慢炖着，随着氤氲的水汽升腾，屋里开始弥漫着一股鲜香，就觉着胃口要大开了。

彭家媳妇在一旁剪螺蛳屁股，小儿在旁边撩螺玩耍。“早上自己摸来的，富家河埠头。”清明螺，赛只鹅。这个时候的螺蛳，不是产子期，难得的肥壮与饱满。辣椒、料酒，大火大油煸炒，一盘香艳尤物就诞生了。炒时火候扣好，不需要挖壳，用些巧劲，轻啜一口，就滚到嘴巴里去了。就着半两麦烧，再啜几颗，口感鲜嫩肥美。

坝上放水，螺蛳随处捡，多且讨巧，是亲民的玩意。青石板、苔藓满布的吸附着，一把一把的。小时候，我和彭常去河里溪里摸螺蛳、捉泥鳅。

今天，彭亲自掌勺。这位海军士官，在部队学的好手艺，已经在灶头上忙碌着。韭菜、荠菜、马兰头、香椿，这几个春日时蔬，有清新的田野香气，已分拣，洗净，切好，端在盘里，等待清炒。野菜最不会犯错的做法就是清炒。辣椒、豆腐干、鸡蛋、腌肉等佐料，也分清爽，一边候着。

春天的头茬韭菜，拥有一种接地气的鲜美与清爽，与数九寒天里温室里走出来那一副弱不禁风的模样大大不同，炒鸡蛋，或是炒腌肉，那清香味是蹦着跑出来的，沁人心脾，忍不住，就下两筷子。

早春的荠菜，正是最鲜嫩多汁的，有个好听的别名叫枕头草，《诗经》里描述它：“其甘如荠。”它与马兰头、枸杞头并称“春野三鲜”。马兰头、野葱、水芹等，房前屋后，田间地头，山麓河边，遍地都是。只要你得闲，挎上篮子，带着小剪刀、小铲子，半午功夫，尽兴而归。

马兰头、苦茵茵的，用油盐快速炒一下，苦中带着甜。“炒的速度要快，不然容易发黑。”彭边炒边说，“就连盛起来后的余温也会容易因堆在一起而捂黑。”用盘子装起，就好像装起了整个春色。

“香椿要掐那新绿最尖头的地方。”彭爸在一边介绍，“把它洗干净，用滚水烫，切碎炒鸡蛋，也折腾不出什么新花样。”香椿口感嚼起来像泡过的茶叶，味道不易形容，有人爱有人嫌。但它多少是诗意的，毕竟香椿不见时，春天也就过去了，需待时光轮转一圈，方可再会。

更诱人的是河鲜，此时的土布鱼、河虾、泥鳅，正是“腴而不腻、鲜美称绝”的时候，清水一煮，撒点细盐，调点料酱，那一口至鲜至嫩，就已经令人满足。红烧，又别有一番风味。彭自己下河，捉一上午，够我们吃味道了。

我在灶台前，添把柴火，或是端着装上菜蔬的盘子上桌，觉着自己也融入了小炒春天。

厉害了，我的大厨兄弟！这些鲜嫩欲滴的春日时蔬，从采摘，清洗，到翻炒、成盘，处处是你的良苦用心。我忍不住要夸夸你，等下开饭，我要好好地敬你。

微醺中，我怀念那个年代，温暖的午后，我们穿行在河道边，山野中，抓鱼虾，分辨野菜，感知脚下的这方水土，感知无比畅快的人间烟火。

山里的春风拂过面颊，路边野花点点，田野青青，油菜花黄。静谧中，有说不出的惬意。

第四卷　夜的眼

攒动的人流，彼此的命运偶尔交织。清晰的影像，绕不过去的名字与记忆。生命逐渐展开，方寸之间见乾坤。几大包的故事里，宽容与守望，才是更强大的力量。时过境迁的回望，大大和解了生活的孤独与艰难。

师　傅

今日读雪小禅的《且在晚风中》，里面有个叫“可清”的裁缝，“她站在那里，艳压群芳。那艳是素的，是裴艳玲似的刚烈语柔美。他语速慢，却句句珠玑。她是一个落后于时代的人。活在自己的时光里，做清衣阁散淡的主人”。

我突然想起一个人，镇上的一个剃头师傅，叫“树勇”，多年未见，专剃平头。“剃平头，找树勇”，这个调，大家都知道，喜欢弄个平头的，大抵是去找他剃。

树勇的长相像民国时代在上海的日本人，一米六左右，小平头，两撇小胡子。他不像这个时代的人，与武盛街的热闹有着某种天然的隔离，但他眼神中有着明显的亲切与接纳感。

第一次见树勇是在1983年的秋天。那一年的夏天，我考上了镇上的重点中学，同班有个叫“徐波”的同学，镇上的居民户，地头熟，丝毫没有那种优越感。他很友好，经常带我们去吃小馄饨，文化馆对面的那一家，朴实的夫妻店，安静素净的小店。有一次，吃完馄饨，他带我去剃头。记得在新华书店对面的小弄堂里，进去几十米远。树勇就靠在椅背上，跷着二郎腿，正悠闲的哼着小曲。不足十平方米的小店，中间隔开，里头是灶间。

他从椅背上跃起，麻利地顺了块布，“哗哗”一抖，就罩住了围脖以下的身体。

“你这个头发油腻，发质软，不好剃平头的。”他说得很坚决，“剃个汉奸头吧。”

“你才汉奸头呢！”我借机取笑他。第一次见到不让客人剃自己喜欢头型的，这人怎么这样呢，我偏要。

“就剃平头！”我斩钉截铁地说。

“那你站起来好了，我不剃。”他比我还倔，带着遗世独立的性情。他真停下了手里的动作。

有那么几秒钟，我的心里是挣扎，甚至无语的。“那剃短一点。”我终拗不过他。

“不中分，三七开，好吧，”他开始用商量的口气说话，“你文文气气的，哪像汉奸，其实大家都说我是真像的。你的发质好的，我吹得紧一点，再稍微喷一点定定形，就好了。”

“东西不要喷，自然一点好了。”我软了下来。

“你们优秀的，分中里整个地区只招两个班，你们都考得到。”他开始与我们拉家常。他喜欢与顾客拉家常，他的记忆力极好，每一次说起话来，寻常巷陌，人情世故，在平静缓散的交流中，总让人倍感亲切。

“哗哗”，一解，一抖，顺下了遮布。就在聊家常的当会儿，三下五除二，没几下功夫，清清爽爽，一个神气的平头剃好了。

“再来”，他跟我们一一握手道别。

很多时候，我们在街上，在小巷子里转悠，去逛文化馆对面的书摊，掏几本小人书，《山海经》，或是《新体育》。经过那个巷口，总免不了往“树勇理发”看下。他又靠在椅背上，悠闲地哼着小曲。

“剃头”这个词真好。仿佛剃去时光，然后一剪一剪地修理起来。其实我在镇上也好多年了，没怎么见着树勇，其实应了他的话，头发油腻，发质软，不好剃平头的，我也就不找他剃了。但见着朋友中，那些很齐整惹眼的平头，我总是忍不住要问，“哪里剃的？”得到的一致的回答是，“树勇那里。”

“树勇那里剃，还是十块钱，不涨价。”多少年以后，听到了这句话，还真不敢信呢。这世上，总有那么一些人，遗世而独立。是黄山顶上那棵松，清雾中有风骨；是清茶，最清淡的滋味却宜人。就像树勇，他活在自己的时光里。

店里没顾客的时候，他依然是那个做派：靠在椅背上，跷着二郎腿，悠闲地哼着他喜欢的小曲。而有些人的头，注定一辈子都是他剃着。

大　侠

1

想写一个人，必发自内心，而拿捏又极不易。且减去一些繁琐，尽量真实地和自己坦诚相见。剩下的，就交给时间发酵。

每个人似乎都明白，自己应该抓住些什么。譬如，做事、赚钱、家人、快乐。

而有些人，一旦相逢，结缘，笃定能够将自己的生活、原生的幸福，保持默契与美好。自由来去，让人和事，生出暖意。

小镇不大，常踢球者，不过三四十。算上隐身的，回乡的学生，也不过百。喊人踢球，倒是件棘手又吃力的事情。一般人，吃不消，也不愿做。

陈S，原先倒是非常乐意。周末，或是假期，凭着几分热情，几分薄面，也曾无所畏惧，有过一段时日的满足，还曾列过几回出勤表，做得风生水起。那时候，球队战绩佳，大伙心气也高，属典型的蜜月期。约定一个时日，慢慢聚拢来，就踢上了。一旦迟到，多少还有些不好意思。

约球，风顺的时候，悄悄得意；低谷来袭，则硬撑住尊严。陈S落寞那会儿，有二三老友，搬张桌子，赤着膊，上盘花生壳、螺蛳，啤酒开来，说说体己的话，喝多了低头，不再追问缘由。

这种感觉就像是，明白不厌其烦、点人头之后，仍要待在原地，望穿秋水。没有谁舍弃，也没有谁成全。只是一切，都按各自生活的剧本自行排演。

而这里，偌大的圈，仅仅需要8对8而已。

小镇足球，有时就这样心事重重。或者，更像是一种内心的忐忑。无关乎胜负，总想找到它的呼应，在身体力行之前。

2

是时候出场了，而且非他莫属——小镇足球会长方樟林，这位与年轻人对脚拼抢的汉子。球队，正需要他在前后场一样的拼劲与韧性。

自方樟林组建协会，五云足球队才开始有了主心骨，有了家。不再是一盘散沙，也不再是那支人见人欺，被暴踢8：0的队伍。人心向齐，自然水到渠成。就是这帮队友，开始凝心聚力，足协杯上横扫对手，勇夺桂冠。小镇足球，终于在县内外有了小名气。约球的越来越多，而小镇主场，已二三十场不败。

出资赞助初高中足球联赛，组织每周球队日常训练，方樟林，用自己独有的魅力，统领起小镇足球，开始了新的版图。

其实，大家叫他“老方”，他并不老，20世纪60年代末生人，对传统是保持几分敬意的。虽然微信的力量足够强大，但生活方式、文化异趣、心理距离等的差异，每一次，他总是在人不经意而无休止的拖拉中，保持着足够的耐心与平和的气度。

其实他早就在张罗了。每一个安静的午后，每一块柔软的草坪，他习惯着用手机，拨通一个个人电话，那些足球微信圈里报名，或没有报名的人。

他照例从围墙外接过一箱矿泉水，“先记着，连那天的，等下都我来结账”，一边带着相当平和的微笑，一边拨着叫人。

“红牛、菜饼买来了，好来了，已经12个了，”就在刚才，他满意地说，“人够了，都穿起来，搞起来。”

其实有些还没有到场，心里是有些嘀咕的。九月之秋，台风一个个换着名号。乌云就在小镇的当头，正齐齐地压过来，透不出个亮来。

夏支文低着头，在穿鞋袜；老郭已在球门区，戴上手套，把茶杯放网边；滨哥、马导在场上拉伸，做着准备活动；王云峰、阿卢、陈溜开始传接球了。

哗啦一声，大雨突然就浇了下来，浇水一般地下来了。接着，风也狂了，闪电也跟着吓人了。

“快撤，楼底躲下。”老方喊着，大家叫着，纷纷散去，有的骑上电瓶车，有的径直跑去。球筐之外，塑胶跑道上，一下子起了好大的水雾，白茫茫的，一大片一大片。草坪里，水似乎也积了起来，露出了不少坑洼。湿身的人，互相瞅着，都笑出了声来，场面一时狼狈。

几辆车，国鑫的、小谢的，不切实际地开了进来，原来是如约而来的球友们。“噶痴”，大家笑作一团。先出出汗，剑剑和魏蕾在里边，开始一对一过人练习。

天公还是作美的。几十分钟后，雨小了。“好，开始踢了！”老方带头，迎着小雨，走了出去。接着小白、鑫龙，斌斌、老表、蓝镇也走出去了，有点决绝的架势。看样子，一场酣畅的雨中大战即将上演。

3

小镇是有几块足球场地的。高中这块，有 11 人制的大场，但它的 400 米跑道不规整。分开 2 块小场，倒是很适合的。加上有学生足球训练，凑人更简单些。在这里踢得有不少人，有些友谊赛，也常放在这里。

初中的场地，可以踢 9 人制，是业余的大场了。但场地中间稍高，也不平整。平时在这里踢球，有住校生，晚自习前，喜欢在边上看，当观众，顺便可以捡捡球。也算是增加一些球迷，活跃一下小镇球市。而且这里，老郭、国鑫、永明、申屠，也是球场常客。

小学的场地最让人满意。草坪保养过，踩场都极舒服的。8 人制，刚好。踢得也最多。

最近一段时日，高中又整了个笼式足球，20 世纪 70 年代的老篮球场改建的，还装了大灯，可以踢夜场，彻底火了。5 人制，约人容易，都人满为患了。

老方想着，就搞个比赛吧，试试脚，解解馋。于是小镇首届 5 人制足球赛应运而生了。

组织比赛谈何容易。老方诸事亲力亲为，镇里协调，场地联络，事无巨细，包括给每个球员上保险。最难的是分组分人了。高中、初中，镇里组队没有问题，其他的人，如何组队，着实成了问题。原先一队的好些老搭子，眼见着要分开，保持某种平衡。但老方还是几次把大家聚拢来，甚至摆桌饭，在敞亮祥和的气氛里，征求意见，一一落实，稳妥安排。老方一出马，大家意见也少了。最关键的，还是期盼着上场踢球。

而决赛那天，最紧张的就属老方了。他知道，球员的保险期过了，比赛存在一定的风险，这也是他最为担心的。他对县里请来的 2 位裁判说：“一定得让大家带护腿板，否则不能上场。”进场后，他又召集比赛双方，强调一定要注意比赛安全，注意收脚，动作不要过大。也特别要求裁判吹得严些。

而且他在球场边，一直很紧张，时而走动，时而停下来喝口水，眼睛却一直没有离开球场。焘哥倒地了，痛苦地抱着腿。老方第一个跑上去；焘哥和对方门将对撞了，他又赶紧跑上去看，生怕球员受伤。而此刻他自己，早已满头大汗，衣衫尽湿。

比赛异常激烈，终场哨声响起，老方才舒了口气，与大家一一握手，收拾矿泉水瓶子。那头，他早已准备了奖杯、奖金，还安排了几桌庆功宴——都是他自掏的腰包。

他让陈 S 给大家一一颁奖，他自己在最角落里鼓掌。后来在大家的一致要求下，才走过来，与冠军队合影留念。

而这里的所有人，最要感谢的，正是小镇足球大侠方樟林！

4

大者，无言；侠者，事了拂衣去，深藏功与名。我无法想象，大侠如何平衡做事，赚钱，家人，快乐。

但毫不夸张地说，方樟林，几乎用一己之力，撑起了小镇足球的不二版图。

二　哥

小镇依江环山，偏于一隅而风华物宝，世事喧嚣而人文和美。夜色渐浓，华灯初上，迎君阁，万紫千红，海陆汇，炮台山，信义坊，各色饭庄人气颇旺。

“来，走一个。”满满的一杯碰过来，有人一开口，场子一下子就热闹了起来。

搞气氛的，大家叫他二哥。他也习惯人们这样叫他。

二哥五十出零，属羊，宅心仁厚，家庭观念重，宽容大度，无论走到哪里，都喜欢与人交往，在金钱上大方，别人落魄时，通常会慷慨解囊。几万人的小镇，他自己说，小地方，就混个脸熟而已。做派醇正，老少都搁得来，噱头拎得清，无论新面孔，还是旧相识，坐在一起，很快就能热起来。

这个用酒精缓解孤独的人，举起杯，觥筹交错间，家长里短，人情世故，各色冷暖，气氛就被慢慢地烘托出来了。无论怎样，你都会被他一抬手的热情劝下酒去，接着烟递来递去，然后慢慢地称兄道弟了。

这也是本事，一般人达不到这种境界。

二哥喜欢点酒。年轻的时候，喝的是酒量，是身体；现在喝的是感情，是交情。与其说他嗜酒，不如说喜欢交朋友，喜欢那种气氛。酒杯举起来，手微抖了（据说是遗传），但这不碍事，酒照例是要喝的，中国传统文化中，酒是不可或缺的人间极品。只不过，现在是一杯白的，再加点啤酒荡荡口，气氛好，可以多来点。

这并不是说，二哥贪杯，而是扣得更牢了。早先中午杨梅酒二杯起步，晚上三四杯没有问题。但现在这种日子已经看不到了。二哥是自己要这样扣牢的，别人劝不管用。这就好比，你有个坏习惯，要改，自己不下点决心，有个屁用。

有一点是雷打不动的，那就是晚上七点半左右，再怎样的饭局，无论喝到什么程度，二哥都要站起来了，一杯啤酒荡一圈，走起——女儿晚自习下课，他要去接的，这是深入骨髓的习惯。大女儿读初中时，二女儿读初中、高中，每一个夜晚，都走着去，校门口等，然后一起回家。路不远，但这个时光，是他很享受的。街灯迷离暖黄，二哥接过书包，女儿的手挽着，二哥内心涌起一阵阵暖意。回到家，弄点女儿喜欢的宵夜，一碗汤面，或者炒粉丝，都是那么带劲。所谓陪伴是最常情的告白，如斯而已。

与二哥的相识，是有些时日了。那时我哥还在（《怀念我的哥哥》一文已发），还在山村优哉游哉地做老师，日子很单纯，交往很单纯，友谊更单纯。从他们见面认识的好感，到做兄弟，凭的是重情重义。隔三岔五，奔来赶去，小聚一下，算是单调生活的另一种洒脱。两三人，花生米、螺蛳、冬笋肉片，不讲究的，几个小菜，就很知足了。我只是后来听说，与二哥的交集并不多。

早先，我是那种看不见身影的人，没什么事，几乎是不回老家的。年轻，不懂事嘛，自己觉得还是孩子，哪顾得上其他。但哥倒是常回家住，也喜欢带朋友回家聚聚，因为父母喜欢热闹。

那时，二哥就是常客，几乎每次都玩在一起，顺便还给叔婶带点礼物。大家酒量都好，每次都喝得带劲，喝高了，还能骑着车带人回镇上（现在谁还敢啊）。

甚至哥去师大自考本科论文答辩，二哥也是一起陪着去的。哥在浙一的最后三个月，二哥也常去陪着，让人特别感动。后来，哥不在了，每逢清明时节，或者正月，二哥也会和几个老哥们，一起去我哥坟上祭拜……这一切，见证着兄弟情义，够铁！也因此我对二哥刮目相看，也常有小聚。正月里，都要去二哥家走动。

年轻时的二哥，出道早，也是混过世面的，玩得开的。单位上过班，开过美容院，常出入 KTV（卡拉 OK 室），嗨翻酒吧，一首闽南语《爱拼才会赢》也疯过，至今是保留曲目。

关键是二嫂来收心了，老牛吃嫩草，而且嫩草还很漂亮，家里又料理的清爽和顺，一帖老膏药，二哥的心就渐渐收了，平静下来了，这其实不容易。

属羊的二哥不愿意脱离自己熟悉的生活圈子，外面搞点小投资，家里料理料理，接送下孩子，闲下来，呼朋唤友地小聚，每天有个小酌，赶着这边吃野兔，那边野猪肠炖起来了；或者家里弄个青菜油豆腐火锅，也挺好。冬日地里的青菜绿油油的，吃起来特别水嫩。

小日子过得自在，因此拥有了朴实动人的力量。二哥有闲，有心，有两个漂亮可爱的女儿，有福气的。

致　敬

1

有这么一群人，他们撇开生计，似乎找到了某种理由，对这个世界充满爱意的理由，而且懂得如何更好地活出自己——在山脚，在山涧，在悬崖，在山顶，在尘埃深处，他们踏步前行，成就了健康，唤醒了自己。

2

小镇的夜，小饭馆上方的一排绯红灯笼，表达出对它的无比热爱。

“山的儿子”“红卫兵”“海风”“自立的我”和“四月”等，应邀参加“莲漪连心”组织的户外俱乐部年初聚餐活动。一大圆桌，隔壁外加一小圆桌，三十几号人，陆陆续续地赶来，摘下围脖，脱去外套，握手，拥抱，寒暄，屋子里开始弥漫起欢庆的气氛。

觥筹交错间，话语中自然而然地充满了“峰”“岭”“道”之类，仿佛又置身于群山、古道，洗净自我心上的尘垢，让内心回归安宁，就如同饭后的那杯清茶，在袅袅中，又见山间晨雾的清幽静谧。

记得，群主“红卫兵”有心，用手机拍摄了全年34次行程一系列照片，并在微信朋友圈中用“美文”发布，勾起了大家那么多美好记忆，看得出，大家是非常喜欢而又津津乐道的。从2017年元旦至年底，一张张精美的图片，一两句简单的文字，勾勒出这一年、这一群人的天空，也诠释着他们自由而火热的内心。

尽管我从未登临某山，但请允许我按图索骥，看图随想，重新拾撷他们那种自由、开阔与温暖的心境，也提请人们相信：在平淡如水的日子里，每个人，都可以有自己的下一个出口！

3

2017元旦，淳安三井尖祈福。

山路小径，碎叶与松丝细散着，小碗口粗的杂树，仄歪着，疏密着。“三井尖”的路牌，碎了大半片，只留下了“旗帜”型木桩与有“箭头”标志的小片，斜倾在路旁。大家驻足停留，会心一笑，丝毫觉不出沧桑，反多了几份生趣和神奇。

未至高处，八九点钟的太阳便晃眼在斜对面的山头上空，光芒四射，气韵十足。树草心悦诚服，四野变得寂静而悠远。

4

4月2日，石扁担的险峻。

像极了牛的脊背，一边是杂草贴峭壁的陡，一边是树山盎然春意。卸下了全身的疲惫，忘却了所有的烦忧，一前一后，一步接一步，或手杖点地，或牵着，踟蹰前行。仍然记得，在石扁担的最中间处，男女齐整的前后列队，纵情地张开双臂，内心澎湃起那么多的自由与狂想，所有的付出都是值得的。

从高处俯瞰，与山，与树，与每一片叶子、小草，倾情相拥的，是 11 个不羁的灵魂。

5

年初的雨伞尖，第一次遇见雾凇，已然惊艳到：树、草，眼前的一切，都蒙上了一层浅浅的白色细纱，那么恰如其分地掩映了山间的萧瑟。伸展的枝丫，套上了几十厘米的冰轧，晶莹剔透，煞是好看。

一上童公尖，“哇，哇哦！”大家纷纷拿出手机，从各个角度拍摄。无处不惊叹，哪怕附身下去，或是跪在地上，扬起头，都不尽兴。不一会儿，微信朋友圈里，满是点赞，仿佛自已就沉浸在面画中：深蓝清寂的天空下，一簇簇绝美的冰白，绽放自我，相拥而吻，巍然天地间，至纯至美。无形之中，撑起内心深处的隐秘。

6

一路行，一路风景。

奇峰突兀、芳草萋萋的石天井；大明山深处的高山飞瀑奇观；汤公山的花海，见识杜鹃的珍奇品种；大慈岩环线的九公里近十小时的徒步翻越；牧心谷仰天长啸出门去的“水杉小道”；大连岭古道的穿越，像算盘子等野果真多呢；古道的拾级而上，古意如画悠远；徒步龙井茶园，馨香清逸；悬崖攀爬，生命的绳索；门前岩山脚的秋黄金灿，岩下的红枫绚烂；高山梯田，古树王；太子尖的云瀑，恍若仙境；德清莫干山的红枫、竹林；十字峡谷，潭水清澈……

几个画面，哪能说尽“低度驴友”眼中的风景和行走中每一个内心的升华与感动。皆因刷屏，被多少次地打动。也因有一点文字能力，妄想之，描述不真实，感受不真切使然，但求不过。

说不定哪一天，我也会亲历其中，并用文字表达更多的精彩。

7

然而，说到底，我们都是小人物。每一个聪明的个体，骨子里，都会在某个重要的阶段，试图寻找另一个出口。譬如，从不运动的，从走路开始。闺蜜、老友，特意去买个休闲衣裤；晨间、饭后、周末，在江边、操场、绿道，雄赳赳，气昂昂，走起来了。感觉特别得痛快，觉得生活，从此翻开了新的一页。

或者喜欢个羽毛球，特意去买个几百的球拍，从双打开始，每天坚持着打；领着孩子学，带着他打。晚饭后，学校球馆、体育中心，非常有吸引力。然后加入俱乐部，参赛，获奖……如果没有走出这一步，谁知道自己还有今天！

有兴趣，是真的好啊！每一个日常，都那么的不一样！

8

“玉华泉户外俱乐部”，也是从学校登山协会开始成长，从朱光明、徐春宝、王宝平、李蓝四人组，探寻近边的山路，到余李云、祝亚军、陆根水等跟着参加，至“红卫兵”加入，开始筹建户外俱乐部，声名鹊起，慢慢延伸至社会各个角落——医院、银行、政府、邮局……职员、官员、老总等，在微信群添加、聚集、扩展。凡有兴趣，都慢慢汇聚在一起。而人生，从此，有了另一个出口。

群主“红卫兵”，户外俱乐部发起者，负责组织人马和车子，上山则始终殿后。春宝是会长，负责线路，做攻略，山上引路。海峰是秘书长，与做“野外拓展”的兄弟一起，负责行程安全。所有活动主要由他们三人负责。作为教师，费心费力，不计得失，为团队付出，所有的努力都是值得的！

“3498”，妙笔小镇制笔公司一老总。闲暇时光，带上锄头等工具，跋山涉水，寻各种树根花草，搬入自家庭院，种种养养，自得其乐。自夫妻俩加入队伍，兴趣陡增，高山上难得的树花，譬如，难得一见的黄色杜鹃，也被他“请”下了山。

“莲漪连心”，一热心运动之女行长，只要有空，也是夫妻同行，全副武装，乐此不疲。常备些小菜干粮，待休憩时间，供大伙儿品尝。

老钟，学校传达室老职员，年近退休，为人低调。爬山，捷足先登的总是他。原本，钓鱼是其第一爱好，每逢周末，坐拥江湖，独羡鱼水情。自行走以来，健步不逊年轻。

野外拓展教练水华，带上绳索等登山装备，每次最险的地方总会有他的身影。旭成由一个腰椎受伤者变成了强驴，一年两次武功山也只有他了。

施小芳，奔六的年纪，小镇上最早的一批行者，自加入后，夫妻同行，乐此不疲。女小芳，公认的强驴。还有红伟，自登山后恐高也没了。驴友夫妻档，形影相随。摄影师惠忠，只要有时间，就背起厚重的装备……

摒弃所有羁绊，生命，从此，有了别样的宽度与广度。

2017 年，致敬这群人！

净　土

这个清晨，微凉。

晨光熹微，轻轻地泛在江面上。水波拂涌，微漾岸柳，颇有几分清奇。远山，雾气冉冉，缥缈绝美。禁不住地，停了车，往口袋里摸手机，我喜好收藏这些画面。

口袋是空的，手机可能落在了卫生间的架子上，或者沙发边角。

我在桥中央站了一会儿，看江上风景。阔开的水面，矗立的楼房，长长的绿道，掩映的树草，垂钓的渔人。这是一个内心微笑的时刻，有一种无人分享的浅乐。也许，只有骑着电瓶车去上下班，才有闲心，停一会儿，注目，远眺，遇见晨间或黄昏的美好。

上车，往既定的方向。没有手机的一天，是否是困顿的一天呢？已经习惯了手机的日常，被控的生活，又如何唤醒和反抗！

校园的清晨，格外的安静。看手表，尚早，就泡了杯绿茶，转身下楼。在这里，每天，用脚步丈量，用眼睛发现，用头脑思考，是延长生命的最佳方式。

在这里，最荣耀的是那些大树，长在诗意栖居的地方。而秋天的记忆，就落在这些大树上，附在每一个叶片里，停留在某个孤寂的角落。暖黄此刻占据树梢，任风归去。你可以清晰地抚摸，它们舒展着岁月的轮廓，在斑驳中唏嘘苍老。

梧桐、水杉、银杏，还有那些不多见的松树，一棵，两棵；一排，几十棵，在宿舍楼后，操场边，食堂拐角，小径深处，无论怎么看，都有一番境界。

走着走着，就觉得，树活得比人悠闲啊，不担心牵绊与逃遁，生计与死活，整个在风里雨里溜达，调情撒欢。俗世里，它们肆意快活，静谧而生，自有风骨。

自然的真朴惬意，如果带有手机，我或可俯身，仰拍那苍劲的枝干，直入天空的姿势。

中饭后，照例是奔五先生的午休时间。往早了说，拿本书，或者报纸，看一会儿，眼自然眯起来，就躺了。“书叉脸困觉猪”的名号，也是因此而起的。

之前多日，总摘下眼镜，把手机往近了看。朋友圈、各种群、喜欢的公众号，真如批阅奏折一般。眼累，时间也晃得快了去。

今日，翻翻《小窗幽记》，挺好。“清闲无事，坐卧随心，虽粗衣淡饭，但觉一尘不淡。忧患缠身，烦忧奔忙，虽锦衣厚味，只觉万状苦愁。”好似在人群中遇见了另一个自己。从生活中得到适意，心底明净，往往能真正地享受生活。

最喜欢281页那一句：“闭门即是深山，读书随处净土。”沉浸在书中，我们便能使感官和意识不再与外界勾连，心灵便能产生一种宁静的喜悦，面对世间的繁华和世俗的喧嚣，能够心如止水，从而达到一种清明的状态。当这种境界稳固之后，我们面对任何事物，都能以一种清净无染的思维去处理，不会受任何外在的干扰，而始终保持着心中一片明澈的净土。

把这一句，用白字，刻在8个青砖圆拱第一个门顶上，一抬头，读之，悟之，如何？

下午第3节，是九年级的语文课。第一次，领着同学们去阅览室。如果说，七年级，是“改变，从阅读开始”。那么，九年级，就是对“语，吾之言也；文，言之美也”的最好诠释与回归。

这种自由与丰富，几乎是一种呼唤，是值得尊重的。无关乎应试与分数，只愿意，有那么一小个时空，可以自由安顿。

“挑喜欢的杂志，捡感兴趣的内容看，注意语言与素材的积累。”我简单地提示了一下，“《国家地理》《新体育》《三联生活周刊》，只要喜欢，都行。”同学们很快找了位置坐下来，他们早有自己的喜好。同时，我自己也逮了机会，可以在这个时间里，真正地和同学们一起安静地阅读，心无旁骛地。

三楼窗外，烟雨，诗意；世事，烟火，此刻，都与我们无关。

求真大道，灯柱白透，亮堂着唐宋诗词；楼前楼后，树影婆娑，疏落着清风枝叶。几声鸟鸣穿透了夜的寂静，学子们则一如既往静坐学思。

这一天，也许朋友圈正在刷屏——运动会上的矫健身姿，优质课上的精彩互动，研训所思所感，人才英语秀比赛，美丽庭院投票……都赢得了生活的敬意与褒奖，心中为他们点赞，都各自乐去吧。

而我在这里，没有手机的一天，举重若轻，如一餐一饭的简单与满足。积极，向上，感受着一天的美好时光，也挺好。

守 店

小年后，意味着年味渐浓。“知名度”女店员青儿回湖北老家过年了，按女主的意思，我的工作重心得从家里的拾掇与搬运，调整为守店。我也挺乐意——平日里没什么时间耗在这里，趁年里闲着的时光，陪陪媳妇，顺便感受一下她的日常，也好。

“日间工夫，觉纷扰则静坐，觉懒看书则且看书。”捡王阳明的话想，也心静心安了。带上新购的三本修身养性、安身立命的好书——《菜根谭》《围炉夜话》《小窗幽记》守店去。

小镇街上的年味在不知不觉中褪去。先前那种一早就熙熙攘攘、人挤人、喇叭声不绝于耳的味道，即使在如今的菜场，也不见得了。近十点了，太阳老高了，武盛老街那边走动的人还极少，玉华新街这边也没什么两样。人们的日子，一到过年，节奏就慢下来了。睡到自然醒，烧碗馄饨、饺子，中饭就算过了。午后，才有结伴上街逛逛的冲动，买点喜欢的衣物，顺便办点年货。

店家早有预见，店面也才陆续开启，里外清理，卫生搞下，门口遛遛狗，临家的打个招呼，“噶没有人的”，有的忍不住又调侃一句，“货还堆着呢。”她们，一如既往地，在念想中等待，在等待中守望。

“开店容易，守店难”，看样子，这一行也挺难的。你见她平时起得晚，也自由，其实并不那么光鲜。单说进货，一周一次，说起来，只要是开过店的，都怕的。子夜两点多，还睡眼惺忪呢，人挤着去，堆着来，一来一去；挑着货，还着价，一进一出，人累得很，她们以自己的方式生活着，点点滴滴地付出，为了生计与家庭，忠于自己的内心，这是每个人终其一生都该坚持并追求的。或许你会说，这很难。但也正因为难，才值得去努力。借用加缪之言：“生存本身就是对荒诞最有力的反抗。”

像我这样闹的人，来守店，心不静，其实挺无聊的。媳妇生了个炉火，给我换了双布鞋，就觉得好了很多，店里也有了点年的温度；放放 QQ 音乐里，挑“我最爱听”的，譬如，《加州旅馆》《贝加尔湖》，乡村音乐之类，在怀旧风里，读点书，或写下《简书》文字，让自己在陪伴中沉静。而有所得。

午后，街上人多了些，小店的人气也逐渐聚拢起来。进进出出，挑各自喜好的款式、料子、大小码等，羽绒、棉袄、衬衣、打底裤、鞋袜，配搭自由，客主随意，双向选择，适宜即好。晚饭后的时光，人们也喜欢走走，店里转转，挑挑，有喜欢的，也下单。

守着店，一日一常，总会有收获的；守着你，一生一世，终究是幸福的。

坚　持

1

初识《简书》，源于朋友“秦时明月”在微信里推送的文章，觉得这样写作很自由，也很有趣。10 月 30 日，我发了第一篇原创作品，至今整 2 个月，四十几篇散文，近 8 万字，400 多个点赞，粉丝上百。自己都觉得够努力，还不错。

《简书》带给我忐忑与愉悦的同时，也带给我一点点正能量。我在年级学生大会上，“厚颜”地把自己作为例子，多次提到“坚持”，其中的努力和付出，确实是可以说道说道的。每一个笔下的人和事，都画面在自己的眼前。

《简书》至少提供了某种可能。

2

抓住空闲，让生活在字里行间有趣。

出差途中，大把的时间，就用手机，一个字一个字地码。午睡时，先写个片段。下班后，再码几段，或改一改。睡前，沙发上，完整的修正，配上图片。周末的早晨醒来，特别有感觉，又开始了，可能一写，就一篇成了。再读读，再改改。工作挺忙，逮个空闲，用心经营，乐此不疲。其实，用手机写作，挺累眼睛，充电也挺麻烦的。

3

自己不满意的作品，不断地改成喜欢的模样。为了对得起读者，对得起内心，总是一次又一次，一遍又一遍，不厌其烦地修改，小到一个标点，一个词语，一个句子，大到整个语段，一个场景。有时候文章题目就改过好多遍。譬如最近发的《那些年，我教过的最有才的女生》，最初的想法是《我的“嫩瓜”双子星》，写了最典型的 2 个，后来又觉得还有一个可以上榜，最后改为《才女》。阅读量 300 多，不知道现在你会喜欢哪一个题目？

4

写熟悉的人和事，在平静中积蓄力量。

第一篇写的是《父亲》，自己特别满意。父亲 70 岁了，看上去也还年轻，过得挺自我很快活。每周我几乎都会回去看父母，生活的各个场景，我都熟悉；日子里的影像清晰自然。写起来得心应手，叙述自然平静，情感的表达也水到渠成。发到朋友圈，890 的阅读量，47 个点赞，16 个点评，20 多个打赏，被《散文》《首页投稿》《生活家》《手艺》等 9 个专题收录，这种鼓励是非常激动人心的。

后来整理了一篇《怀念我的哥哥》，文章是 6 年前写的，那天周五放学早，就在办公室整理，寂静的校园，一个人的怀念，边整理，边流泪，最后泪流满面。发到《简书》上，被《散文》

《原创文字集》等收录，阅读量上千，好多的点赞和打赏，有熟悉的或不熟悉的朋友，都在文字的情绪里感动，触动了大家的共鸣，自己也觉得是一种最好的纪念。

有一次我感冒了，在医院挂盐水，走进走出的人特别多，突然觉得生命是那么的脆弱。一个平时踢足球、打篮球，喜欢运动的人，也免不了上医院看医生。就想起来我的前任校长，现在生病在家休养的王关生老师。下午 3 点多，我开始沉下心来写，5 点多完成了。发给王校长的夫人朱老师看，不知道写得怎么样，人物拿捏得是否恰当，能不能发。朱老师同意了，还给我打赏，表达了她的谢意。《心中的感动》一文，成为我当时作品中阅读量最大的一篇，4300 点击率，被多个专题收录。王校长的事迹着实感动了大家，好多个微信朋友圈里转发，好多人是流着泪读完的，我也收到了很多的点赞。也许，真情实感，才是表达的最高境界吧。

《似水年华——五云山纪事》，“幸运的是，我还在你在的小镇，我还能在岁月的轮转与沉淀中，去真正感知你的呼吸、你的脉搏。有那么一刻，我停下脚步，好像你对我是陌生的，而且一切过往都是那么的久远。”上千的阅读量，唤起了多少人的母校情缘、青春记忆。

《小镇足球的不二版图》，一群年轻人，活力四射，草根榜样；《二哥》，小人物，小天地，世态沧桑；《知名度的休闲时光》，自由职业的日常，光鲜背后的真相；《囡囡传》，宠物小精灵，平添几分俏皮可爱……

5

拓宽路径，在阅读与行走中丰富体验。

《读书：一抹最美的风景》，读书，遇见最好的自己，同时也传递最美的心地。无形之中，你让自己真正成为你圈子里那个善良而温情的自己。

《无论什么旅程，记得有趣》，世间最难得的，不过是让你的生活变得有滋有味。想着有趣，过得有趣，无论如何，记得有趣。行摄自然，香港、澳门，温岭、玉环，嵊泗、西塘，扬州、镇江印象。

《甘心情愿》，生活，归于日常，那么琐碎，因不厌其烦而激情满怀；婚姻，柴米油盐，如此细碎，因充满睿智而变得有趣。

《才女》，喜欢码字的语文老师，会在某个角落里，不经意间，掂量过往的学生，那些喜欢阅读、写得特别好的“嫩瓜”，权衡，比较，谁是那个最特别的，谁最有才气，谁无可挑剔。

6

那么多的关注、点赞、打赏，着实让人喜欢和感动。

冬日的午后，读《简书》上的文字，关注的专题或个人，喜欢或不甚喜欢，都觉得那么贴近、亲切和温暖。

感谢《首页投稿》《散文》《原创文字集》等对我的大度与鼓励，即使我不像自媒体那样顶格写（我还是喜欢每段空两格的阅读习惯），你们也宽容我，让我稚拙的文字有了更大的阅读空间。

2018 年，继续与《简书》同行，不负文字，不负卿，努力做一个够努力、懂生活、有情趣又有情怀的文艺小资。

惊　魂

老子曰：知常曰明；不知常，妄作，凶。常，道也，深层叙事，深藏于智者的心中，又往往是最朴素的。

有那么一刻，你远离地面，手握不住；身入海底，呼吸困难，失去了对事物、事理最基本的判断，甚至觉着自己悬了，似“皆若空游无所依”的状态。

而最终，你又回归原点，有惊无险，顶多算是惊魂一刻。那么现在，你时常忆起，是心有余悸的后怕，还是因坚持而成功的喜悦，且行且思吧。

十多年前的一次野外拓展活动，即与城乡结对学校的一次联谊活动，有一个高空抓跳的项目——一块空阔地，一个十几米高的木桩子，直直地立在那里，可以一格一格地爬上去，顶部稍阔，也只容得下两只脚而已。一两米外，另一个比它更高的木架子，中间晃荡着一根扁担粗细的横木，横木两边用绳索串联着，看上去挺结实。项目规则是爬到木桩顶，两脚站立，双手去抓住横木，再由绳索下来。

对恐高的人来说，那是疯了。光爬上顶，用脚站直了，都觉得没有可能完成。一不小心，会晃下来呢。譬如像我，坐在一旁就抖着，一退再退。真心佩服那些从容上下的人，一点儿也不慌乱，反倒是开心得一塌糊涂。

终于没人上去了，木桩孤傲地立在眼前，正朝我笑呢。我，心更慌了，意更乱了。

但是又由不得你，两校互动游戏，我大小算个带头的，怎么能打退堂鼓呢。先上去再说，实在不行，说声不好意思，撒个赖皮也罢。

一开始，由地面出发的感觉还是不错的。木桩粗壮结实，搭把手，抱紧了，一步一步地往上移，也不费多大劲儿。小时候爬树砍柴，不也经常这样嘛。愈来愈高了，等到手抓到顶部，头上只有天空了，心就扑通扑通的，冷汗直冒出来。再上二三步，膝盖到顶，木桩似乎也动了一下。我停了下来，真的犹豫了。

我紧紧抱住木桩，朝热心喊加油的家伙们抛去讨好的眼神。但他们可不管，像是耍猴看戏，一个劲地喊“加油加油”，让人哭笑不得。他们哪里晓得我此刻“上天无路，入地无门”的感觉?

其实这个时候，我的脑子没有坏掉，还是十分清醒的。就在犹豫不决、举棋不定中，我眼往一处使，突然发现，身上套的保护绳居然是散架的——不知是否是因为我紧张，手一发抖，没有扎紧，还是教练的工作疏忽马虎。如果有“如果”的话，那一刻我是崩溃的。

但这让我好似抓到了救命稻草，我大声地喊，“安全带绳子松的，我要下来重新系。”当时是壮胆，其实后三个字不说，我是有退路的；一说，只能硬着头皮再上了。

教练重新帮我系上绳索安全带，并握握我的手，拍拍我的肩膀，嘴里一个劲地鼓励我。伙伴们也在一旁欢呼、说笑、刺激我，更多的也是鼓励我。第二次上去，稳点，一步步来，我稍微有点儿底气。

即将到达顶部时，我的脑子里掠过了我上过的课文《走一步，再走一步》，我想起了我在课堂上滔滔不绝的主旨分析，我决定教育一下自己，要“坚持”。于是我格外谨慎小心——一手抓紧顶部圆木边缘，一只脚慢慢移上去，再双手搭牢木桩，慢慢放手，慢慢站立，并鼓起勇气，跳出去，稳稳地抓到了横木。

下面一片欢呼，我悬着的心也放下了。

第一次这样的惊魂一刻，记忆久远而犹新。尽管我仍然恐高，上三清山的三十八分钟缆车里，眼睛只能盯着脚底，或闭着眼睛，痛苦煎熬自己。但第二次上三清山，以及后来在华山坐缆车，已经能够睁一下、闭一下眼，略带着欣赏一点山野的纯美了。

而第一次潜水，来得更惊魂一些。

2016 年 7 月去泰国，有一个行程安排，去月光岛，可以化三百六十元，玩个潜水。来一趟不容易，又有教练在身边，加上“无知者无畏”，就觉得要试试。我对潜水的认知，仅仅是背一个类似氧气筒的装置，穿上潜水服，跳下海去，任意游走，与海水，与鱼虾亲密接触，有着惬意无比的美妙。

兴冲冲地，走在第一个，准备下海。套上类似头盔的重物，被教练粗暴地一把压下去，咕噜噜地就下水了，下到海里几十米深处。嘴巴以下部位都在水里，头部空间极小，空气质量也差，对一个中年微胖男来说，隔着浑浊的气罩，气愈发顺不过来的郁闷。

有那么两三秒，真的难受得要命，透不过气来，是那种与命挣扎的状态。当时是和媳妇及一个同事的女儿一起下去的，一只手牵着一个。都快伸出手来表示放弃了，我大口大口地努力呼吸，就那么坚持了两三秒，惊魂未定的两三秒，我克服了所有的恐惧与障碍，我活了下来，我看见了围在我们身旁的鱼，抢着面包的鱼，数不清的、各色大小的鱼，还有五彩斑斓的珊瑚群和海底绚丽的世界。

也留下了与媳妇最难忘的一张合影——见证生死之间不离不弃的美好时光。

两次惊魂一刻，大抵与自己的身体脆弱有关，又关乎自己的彼时心理。它悄然无声地告诉我们：无论何时何地，多少日常，身处其中一端，我们也同时拥有了另一端。

久违了

天好起来了。

太阳似乎出来了一点，隐隐约约，柔弱无力，在树梢上一闪，又隐去了。天空，大地，草木依然料峭。接连几周的湿冷天气，人们心中早已积贮着郁闷，盼着呢。

花圃木栅栏边，两棵龙爪槐，枝叶早已光秃，枝干瘦骨嶙峋般料峭，呈张牙舞爪之势。南天竹也失去了十一二月一簇一簇红透的景致，枝头零落着几颗残豆，无甚品相。

没走多远，又得紧紧衣领缩回来。

中午时分，天空一下亮了起来。阳光透过窗户洒进来，有一股扑面而来的欢喜。迎着阳光的味道，走出去。

“书山有径”上，阳光欢快地扑腾着，穿行在树草之间；又像个调皮的孩子，在竹林石阶，在鱼塘里一闪一闪的，躲藏，奔跑，跳跃。一会儿，整个的照亮了小径，台阶，窗棂，屋顶。

篮球场上，师生索性脱下了外套，玩起来。饭后过来观战的人，也渐渐多了起来，陈书记一时兴起，正面接连投进了七个三分，赢得一片叫好声。阳光正好，天意如此而已。

蓝色的校服三三两两地，散在阳光下，嬉笑着，打闹着。

前排教师宿舍楼白得晃眼，估计一会儿，被子都晒出来了。

久违了，阳光。

去“憩亭听松”坐坐吧。那里僻静，除了风儿和鸟儿，不会有任何惊扰。天空湛蓝，松林高邈，阳光直射在柱顶、檐角上，显得庄严而明媚。

久违了，阳光。

去银杏小道上走走吧。光影婆娑，雀儿，唧喳，唧喳，在枝杈上忙乎着；布谷鸟也来凑热闹，应和自如；另一种不知名的鸟儿，三二只，突然从眼前掠过。

久违了，阳光。

去“梧桐醒椅”上躺躺吧。枝叶疏离，上面是完全穿透了的阳光，不用担心毛毛虫会掉下来。或是索性脱了行头，往跑道上走，多惬意啊。

哨声响起，操场热闹了起来。有的在整队，有的跑起来了，有的在做准备活动，体育老师小袁笑着说：“连风也没有了，真舒服。”其实，风是有的，只不过，阳光完全的罩住了它。

穿棉毛裤的男生跑过来，说：“老师，我去换一下。”大家笑起来。又有几个跑过来，又去换了——阳光可没惹着你们。

久违了，阳光。

教室里，窗户都打开了。有的同学拿了书与笔记，往外走，一路说说笑笑。想必是哪位开明的老师，带出了他们。

晒晒太阳，有时候，竟然成了一种奢侈的日常。任由它耍耍脾气吧，有时候，它也由不得自己。有时候，你不来触碰它，它一不高兴，撅起屁股就走的，那就不要辜负了它的好意。

久违了，阳光。

勤快的女人们，想要晒的，都拿出去晒吧。被子里有阳光的味道，你家男人，会像喜欢你一样喜欢的。接孩子放学的，早点出发，等着看快乐小脸吧。踢球、打球的，也可以约起来了。

没有阳光的日子，我们无妨静静地等待，期许……

失去久了的，被惦记，终会来。那么现在，稍息片刻，站在天空底下，驻足，凝视，一起享受阳光。

下雪了

浙北山区小镇，下雪，是冬日里一件挺奢侈的风华物语，可遇而不可求。链接北方雪景美图，说一些家乡冬的味道，人们祈盼之愿不言而喻。

今年的雪，终于在一大早如约而至，湿湿地飘着、落着，停停歇歇，下得过于散漫，没有预想的那样迷人。

操场上，浅浅、薄薄的一层。捡起一根小树枝，在上面写几个字，拍下来，已经觉得非常有趣了。走着，地面渐渐湿滑，几个人开始扫开一条通道。最后一批滞留的学生，无心恋战，正在规矩地等待离开。因为山里有条主干道受阻不通，有两个孩子，得下午来接走。

街面上，似乎也没有想象的那么多雪意。树木、围栏、车顶，都只是浅浅的一层雪。每个街口，镇里的工作人员正在辛苦守候着，大雪降至的那种心情。想必这几日，他们在微信步数排行榜上都会靠前。你可以想象，他们走动的时候，帽子上黏了雪粒，衣襟被吹动了，瑟瑟的冷，就像从身体里发出来的。

小镇主干道上，倒是清爽通畅。

这个时候，乡下的，像我这个年纪的老师，还有那些比我小的，虽然临时放假，可以宅在家里，但心情未必大好——毕竟周末自己还有场考试，得去准备，谁也不想落下，尽管大家心里清楚，你看的未必会考，更多功在平时。这两天，只让寂寞如雪，不受邀约，不去嗨，稳当在家里，也落个心安——本来下雪的日子，会挺兴奋。但今天心有羁绊，被吊着胃口，只在微信里，浏览一下，惊艳一番，可能都无暇顾及自然赐予的雪的精灵。

在被窝里（的确是个不错的选择），翻一会儿书，熟悉一下平时很少关注的课程标准，或者其他可能考的内容。逼一下自己，添点底气，会有更多可能。即使视线开始变得模糊，每一个字都像被挪了位置，但心里慢慢有底了，于是就是把书丢开，困了，睡去，脑子里很不踏实，也未尝不是件乐事。

傍晚时分，走在路上，迈步也不那么艰难，像细毛的干雪纷纷而下，这才意识到，明早，或许才是赏雪的好光景。

外面冷冻冻，回到店里，阴冷的空气就弥漫在我们的身体之外，暖歪歪了。

上菜，什锦火锅一个，也觉得日子倒是蛮好的。主料是油豆腐、大白菜、油面筋、辣鸡腿。油豆腐是新做的，昨日老家带来的，新鲜；火锅里放大白菜，特别清口，吃一点，放一点；油面筋，有软的部分，也有嚼劲的，里面还放点切片的冬笋和撕片的蘑菇，原味清淡，热气腾腾。

浅肉色的辣鸡腿，在煲里若隐若现。用筷子夹起，肉骨感疏离。

骨带点肉，给囡囡吃，它一直在边上站着，两眼巴望着，可怜兮兮的样子。想起小时候放假，生产队里捡稻穗，跟在捧稻、递稻的大妈后面。你小而乖巧，大妈会故意给你留一小把，你就很感激。对囡囡，我都学会这样了。

小碗饭很快下去了，身子就热起来，竟然没有来得及细细寻思菜的味道。这个那个的夹，都觉得味道不错，仿佛清爽单纯才是这个火锅的主题。

“有没有觉得淡?”媳妇突然看着我说。

“嗯，辣也没放。”我也有回味了，“这样也好。清淡点，辣少吃点，吃的就健康了。”媳妇烧菜，一直偏咸、偏辣，重口味。前段日子，她感冒了，喉咙也痛，医生叮嘱，她才听话了。

媳妇进去里间，拿了个铁罐子来，里面盛的是大头菜，老丈人刚送过来的。夹一块入口，冰冰的，正好去火，再来一块，蛮爽。

“货进来了，就不怕了。”媳妇又说。子夜两点多，去杭州进货，累的了。现在店里满满实实的，不管外面多雪的世界，心里也有底气了，自信就在，整出来的吃货也就不一样了。

顺着这个气，想着周末的考试，明天可以再补补，心也就舒坦了。而且，与我们而言，毕竟，体检，才是最重要的考试。其他可以了了。

今年下雪的日子，没有想象中的那么有趣。也许那场考试之后，大伙儿的心情，会有大不同，期待吧。

考试如约而至。各种的抱怨，各色的安慰，落点都围绕在今年的雪上，好不尴尬。雪，竟然成了一个借口，既可以临时放假，又似乎可以抵触考试。

但大家还是安全地抵达，并完成了心里的那个疙瘩。没有想象的那么难，结果，谁知道呢。但大约与雪无关了。

终于可以围着火炉，温一壶酒，小酌一下。之后，找一处无人涉足的雪场，媳妇，几个兄弟，带着孩子们，还有囡宝，一起狂奔，一起打雪仗，一起童话嗨，不辜负这南方的冬天，这奢侈的雪。

玩嗨了

2019年，这个夏日，与往常不同。

脚后跟的疼痛，让我错过了许多，原本可以奔跑、可以有挥汗如雨的痛快。在实验小学的绿茵场，在分中的笼式足球，在玉泉或文体中心，我的脚步不得不戛然而止。

在静下来的时候，把心打开，有机会去看一些现实的当下的东西，算是与单调乏味日子的一种告别。

很庆幸没有错过一些喜欢。譬如大型情感音乐综艺节目《乐队的夏天》，舒服，透彻，放纵，扑面而来的震撼，唤醒了许多的曾经。

那个年代，曾经是摇滚的忠实粉丝。1991年的那个冬夜，我有幸从工大、美院朋友那里，找着20张票，呼朋唤友，去浙大体育馆，第一次现场感受摇滚，这是摇滚教父崔健乐队的演出。

“一二三四五六七”，青春的面孔，舞动的双手，嗨炸了的现场，《新长征路上的摇滚》《一无所有》《假行僧》，齐刷刷地扑面而来，好似撬开了沉睡之门，让音乐从精神上立体起来。

杭大“每周一歌”播黑豹的《无地自容》，Beyong乐队的《海阔天空》《光辉岁月》等，郑钧的《回到拉萨》《灰姑娘》《赤裸裸》等，以至于后来随时可以唱一下。

整个下午，一期一期地看《乐队的夏天》，一场场的夏日音乐派对。

第一场，面孔乐队《这个夏天与你无关》，耍起来，充斥着干燥、炎热的夏日气息，饱满的演出，演绎着重金属的震撼。

旅行团乐队《永远都会在》，忙忙碌碌，反反复复，总是看不到头，玩不下去的艰难，4 个中年人用音乐来和解，互相加油。

《夏一站》，焦虑不安，和世界满是分歧，欲望的操纵，纠结，被困住，跌倒过谷底，质疑过自己，慢慢发现自己，表达自己。

刺猬乐队，也有特别迷离的时候，需要一直调整，扛过去。最困难的时候，彼此没有放弃。如果世界像个垃圾场，“刺猬”从中可以刨出一种叫“希望”的东西。

《生之响往》，“所有的爱，穿透这城市所有的压抑和阴霾。”暗夜点亮，彼此身旁，人生绝不该永远如此彷徨。这样的演绎，石璐的眼泪里，说出了“活着能看到自己的意义”。

似乎也可以想象，做乐队，都有快撑不住了的时候，很孤独，完全看不到未来。恍若穿着旧裤子，眼里浸满痛楚，在乐队最质朴的状态，不经意的样子，自由地写东西，独自等待，固执坚守，潜在的信心，努力达到某种高度。音乐，需要被更多人理解，才有更多的意义，对乐队亦如斯。

新裤子乐队，特别喜欢主唱彭磊，朋友圈就 100 个没删，自带鬼畜，个性，自我，好玩，蔫坏，一个练习生的魅力。乐队从懒散到跟专业，就跟光着一样，你的好坏，接受所有的目光与评判。闪光的东西，终是被深深吸引。

“每次浅浅的拥抱，音乐在黑暗中舞起。爱终会让我们分离，不要嘲笑我们，我们的爱不值一提，我要和你一起，一起唱这《夏日终曲》”，打动感动我的，水果爆表，压轴的，是最好的。

最纯粹的痛仰乐队，《奇妙夏日》《再见杰克》，疯狂了的《公路之歌》，有江湖地位了，也一样的清醒地做自己的音乐。“我不顾一切地在路上，就是为了来到你的身旁。我想着远方，想着心爱的姑娘。”李宇春，谭维维，都追过他们的演出，特别喜欢。

12 周，31 支乐队，燃点，爆点不少，嘉宾就超赞。熟谙乐队，点评中肯又特别有文化的白岩松。憨厚，收敛，对乐队都抱着热情，几度感动哽咽的张亚东。朴树携《No Fest In My Heart》来了，自认为胡来的，草率的作品，演绎得很放松，特别好。穿着豹纹的大张伟《傻了吧》，也撩动了现场的情绪。

也许奔跑，我就错过了好多好的音乐。痛仰乐队，新裤子乐队，已经活跃了好些年，而我，只沉溺于过去。怀旧，还是与明天有关，都重要。

这个夏日，听纯粹的音乐，做自己，未来就有多酷。至少我是这样想的。

我和酒

1

我其实是不喜欢喝酒，也不善饮。

我父亲喜欢自家酿的酒，一日两餐，雷打不动。要是少了一餐，必定是人不舒服了。但他从来不醉，他是个有节制的老男人。我母亲也能喝个一二两，据说，年轻的时候，可以大碗喝酒的。断了好些年，现在多少陪父亲喝点。我哥在的时候，酒量大，喝斤把白酒，再来几瓶啤酒，屁烧灰。我哥，关于酒和做人，同样是留名的。

2

我从什么时候开始沾酒，能回忆起来的，大概是在杭大读书的时候。

杭大北门是文三路，当时有很多录像厅、小排档。我们住在十一幢，离北门近。晚上闲着，一般去看个录像，香港动作片什么的，再去喝点啤酒。

我读的是师范专业，记得每月有六七十块的补助，家里也给个几十块的。饭票菜票一买，基本上凑合着，能过。也常有月末，中午去女同学那里蹭饭的。我的同学一半以上是温州人，条件比我们好得多。我那时性格开朗，人也活络，混得算是不错。隔三岔五，就跟着阿忠、张斌、应招、海宝、阿辉他们一起喝酒。

喝酒也就是喝点啤酒，喝多少全凭身体。我是体育委员，足球、篮球、排球、乒乓球，样样会搞一点。那时候，下午没课，除了去图书馆，就是踢球，打球了。晚上，在有女朋友恋爱之前，基本上就是出去看看录像，喝喝酒。

3

第一次醉酒，印象是深刻的。

阿忠是我大学最好的哥们。一次，他喜欢的美女过生日，我们应邀参加生日派对，在女生寝室里。阿忠一米七八的身材，语言能力又强，出口就是一大摞成语，非常幽默。但他也有弱点，几乎没什么酒量，喝一瓶啤酒就脸红了。来的同学里面还有个大哥，出来混比我还早，酒量也好，关键是偏偏也喜欢我们的女神。

不能认怂啊。好的，那就为兄弟两肋插刀，我拼了。那时候我真没有什么酒量，但有的是豪气。喝的是绍兴加饭酒，两瓶吹下去，就东南西北了。后来女神好像更喜欢大哥，而阿忠也另外找着了真爱。那一晚，我可怜兮兮的。好在张斌照顾我，又是大脸盆，又是热毛巾，反正吐了六次以上。至今我还觉得，黄酒喝多了吐，肠胃就像盲肠炎开刀，大夫的手伸进去掏的那种捞心，是最难受的。

第一次醉酒，颇有些悲歌的意味。

北门小排档喝酒的次数实在多。四五个老搭子，通常是两盘炒螺蛳、一盘麻辣豆腐、一小碟花生米，点好的，再加个荤菜。年轻人，也不讲究，图的就是个痛快，菜也没什么计较，也不允许计较。但啤酒喝得真不少的，用的又都是大碗，那种痛快淋漓，现在很难想象了。

4

大学毕业以后，我被分配到浙北山区，一个非常偏僻的地方，靠近淳安，叫岭源。学校是个九年一贯制的学校，和我一起分配进去的还有两个中专生，一男一女，教小学。学校年轻人还不少，大家玩得开。打篮球大家都喜欢，可以男女一起参与的，当然还有就是喝酒了。

记得那时我的工资是二百七十一块三毛，也就凑合着用。山村里有两三个饭店，老板都喜欢我们，因为工资都交他们那儿去了。学校有号称酒坛“五虎”的，勇、仕胜、青松、永明，我排得上号，但啤酒、白酒、黄酒一样也不在行，都落在后面，上不了名堂的。

“五虎”也有落下风的时候。有一年三月十二号植树节，乡政府号召团员青年一起植树，年轻的，包括“五虎”都很踊跃。大伙儿爬上高高的山冈，种着树苗，吹着山风，无比欢快。之后，乡里请吃饭，在食堂里摆了两桌，搞了点气氛。学校和乡里各出一名代表，比拼一下酒量。

“五虎”面面相觑，谁也没有出来应战。

“我来好了。”倒是名不见经传的小红，跳了出来。她个子小，脸蛋很好看。平时藏着掖着，没想到关键时候，成女中豪杰了。

“等下我醉了，下午的课，大哥你代我上噢。”她和我搭班，教数学、科学，我教语文、英语。她没有不好意思，但有点顾虑。

“好！”我其实蛮羞愧的，为自己，也为“五虎”。

乡里挑了文化员出来，“我先来。”他一口就闷下去了一杯，白酒，那种瓶装的三十八度的古井贡。小红二话没说，一仰头也下去了。

“我敬你了。”小红把文化员的酒杯倒满，再自己斟上，一口下去了。文化员看呆了，迟疑起来。“噶好酒量的，女老师。”摆摆手，不敢来。

那怎么行呢，我们不答应，乡里领导也没面子啊。文化员推辞不了，硬是喝下去了。

“第二轮我先敬你。”小红好像来劲了，气势上来了，毫不示弱，继续开喝，后面不是还有“五虎”撑场吗。结果可想而知，文化员讨饶了，“五虎”未出，已完美胜出。

下午，我替小红去上了课。

5

我学喝酒，主要是跟一个姓孙的老师。至今我仍叫他师傅，喝白酒的师傅。

他比我大一岁，中专毕业，在乡村小学教书，喜欢喝酒，量又好。那时老师在学校都有房子住，也可以自己开伙食。我师傅就有女人为他烧饭，他的一双手白白嫩嫩的，很有女人缘。我常跟着他混，蹭吃蹭喝。酒场多是在他房间里，搭一张木桌子，他女人炒几个小菜，我们就喝将起来。

参加喝酒的多为同事，多是单身。下班了，也没什么事，就坐到了一起喝两杯。山村的夜如此漫长，年轻人，也没什么事情可做，是吧，还不如喝酒痛快呢。

先是啤酒，慢慢地，白酒倒一口，再倒点，我这个家族有酒史的，自然也慢慢适应了。

现在我和师傅也常聚常喝，两杯没事，只是我要把我师傅稍微扣牢一点了。

6

第一次，也是至今唯一一次因醉酒而挂盐水，是在大学刚毕业那会儿。横村“三月初八”庙会，喝太高了，是自己主动要求上医院的。几个兄弟，都是在当地单位上班的，和要好的女朋友一起喝。莪山红曲酒，十几碗下去，再好的身体也扛不住啊。后来就睡在独山脚下农行的单身宿舍里。

不知天高地厚的小子，那一夜，难以言说的痛苦。好在，还有人一直陪着我。

7

我在小镇上住得久了，喝酒，说到酒文化，也出了小名的。

有一次在朋友的酒桌上，有个做外贸的上海人，自诩大城市来的，吹嘘自己多么了不起的酒文化，我朋友实在听不下起，就说：“这个老师也蛮有酒文化的。”

他不屑，说：“那我考考你，敬酒，为什么要碰杯子？”

“古代战火纷飞，诸侯争霸，小国大国结成联盟，照例是要喝一杯酒，以示兄弟齐心。但又不得不提防对方。于是在碰杯的时候，双方的酒都溅到了对方杯中，以示没有下毒，这样算结盟了。”

上海人听得一愣一愣的，“原来是这样，有道理的，到底是文化人。有文化，来干一杯。”

“我给你倒满，你看着，杯壁（卑鄙，或被逼）下流，满意（溢）了吧。”

其实我是胡扯，但他终是被我怼了一回的。

微醺之时，想起欧阳修在《醉翁亭记》所记：“山肴野蔌，杂然而前陈者，太守宴也。宴酣之乐，非丝非竹，射者中，弈者胜，觥筹交错，起坐而喧哗者，众宾欢也。苍颜白发，颓然乎其间者，太守醉也。”那真是最美好的状态。

我在《前世今生》里提到过，那时我是个放浪不羁的男人，敢喝，肯喝；不低头，不讨饶。也常常凭身体，凭义气，在酒桌上“简单粗暴”，“任意东西”。也因此在“酒”的话题上，我觉得对自己是犯了傻的。

“酒”也曾被当事说，差点截留了我现在的幸福。好在我的女人看中的是我这个人，也许还有人品。

后来我的酒品就差了，我收了，认怂了。

“不肯喝了。”好多人说我，“变了一个人，还是女人调教得好啊。”其实倒是自己觉悟了，有所收敛了。

赵又廷在《奇葩大会》上说：“认怂不是认输，也不是放弃，认怂可以是很积极的一种自我认知。”说的也是。因为，我已不再年轻，身体机能也有所下降，喝点混的，“浓睡不消残酒”，第二天都还难受呢。

其实输了又如何，适时认怂，是为了保全自己，因为我不止为自己而活。

喝酒，每个人都有自己的量，自己的脾气，能喝到一块儿的人不一定是口味相同，但至少，你喜欢喝白酒的，也能纵容我点啤酒，相互尊重才能喝得欢喜。

《小窗幽记》里谈及“雅事与俗事”：“诗酒是乐事，稍一曲人，则亦地狱；好客是豁达事，稍一为俗子所扰，则亦苦海。”

杨村桥许剑同学解释的更通俗一点：“和对的人，酒才是酒，才叫喝酒，才不失酒的原味。”

歌之咏之，舞之蹈之，无趣则苦，我亦深有同感。

一盘花生米，几碟卤味，简短的酒局也吃得舒心自在，此时的小酌怡情，酒是助兴，而不是催吐剂。

能让你在酒桌上脱了外套，卸下心事，甚至来个交杯，安心做自己的人，往往值得深交。

每次回去，我母亲都会说：“酒吃点，少吃点好的。”

我女人就笑，“是的，少吃点好的。”

好的，少吃点。

身体之外

脚又开始疼了，走了四五千步，就隐隐地疼。我不知道还有什么，让人觉得郁闷仿佛陷入某种低迷，并如此兴师动众，令人吃惊地表达出来。

在知道自己的脚出问题之前，我一直觉得自己的身体还算强大，除了血压略高，咽喉炎之类职业病，感冒都少。踢球，打球，极少受伤病困扰。但现在看来，事实远非如此。

在经历了一个多月的休养之后，脚后跟一直不见好转，接下来还会遭遇什么，也不得而知。但我隐约知道，这是身体某些部件发出了信号，是自己多年来运动透支所要付出的代价。

9 月 8 日下午，我终于忍不住去了趟医院。

“跟腱炎症，右侧有一点增生。多休息吧，少动。”情况还不算太糟，我屏息着，被一种尘世间的情绪弄得憋屈。医院过道，仿佛也拖长了孤单憔悴的人影，让周围变得恍恍惚惚。

对一个喜欢运动的人来说，现实是多么的令人沮丧。

教师节那天中午，有朋友特地跑来看我，“你瘦了。”她看着我的脸说。我想她是在安慰我。早晨，站到平秤上，竟然接近了八十公斤，我对自己无语了。

可怜人呐，吃无节制，动得又少。但，怎么动呢，我的脚？

午后，坐了老半天，觉得很沉闷。

十平方米左右的斗室，面前是隔板式的玻璃，加之桌凳、橱柜，显得挤了，心也挤了。

广播里正播放着眼保健操。老师上课的声音，不那么清晰地传过来。高坎上的操场，也有学生跑过。

“满陇杏语”，校园里的一条银杏小道。方形小石铺就的小径，几棵交错穿插的树木，有种进入树林子的感觉。沿着刻有银杏诗词的大石板，几对木质长凳，被高大的树木深掩其下。这些银杏树，几十株，有些年头了，有模有样地排开，遮天蔽地。

枝头叶间，成串成串的白果，像攒成的桂圆，有种剥裂的期待。

有人知道，我经常会独自坐在这里。

初秋的暖阳倾泻在树梢上，斑驳陆离。风毫不吝啬地，一丝一缕地拂过脸颊，特别舒服。

我迫不及待地脱了鞋，让可怜的左脚透个气，坐在干净而幽致的木头长椅上，一册简装版的《瓦尔登湖》在手，心情逐渐平静，并感到了某种自由与存在。空气里是微凉和草木气息，头顶的树荫蓬松浓密，天空被树叶子遮掩得分外严实。

不远处，布谷鸟“咕咕”地叫着。

像是和梭罗之间的对话，我体会着他美妙的感觉，也柔软着我的内心。我的阅读充满了轻松和愉悦。

有树，有书，有风，小道，长木凳，古诗文，一切显得那么自然，那么宁静。

一个人，静静地坐在这里，总会想起晨间、午后，或者傍晚时分，三两个学生，如约而来，坐一坐，聊些心事；躺一躺，放松筋骨。

身心自由，内心美好，哎哟哟，那个惬意。

正想着心事，“扑通”一声，一颗白果毫无征兆地，从树上跌落下来，调皮的滚到了木地板边的泥地上，碎了半身，里汁也裸落了出来。

小扇形的青黄叶子，在一旁零落相伴，它们并不孤独。

但你听到的分明是自然流露的声音，这才是生命。你不用介意，它会惊吓到你，如若正好碰着了你的头，那才是你的幸运呢。

那天，我长时间地坐在银杏树下。青黄的树叶茂盛得势不可挡，高高低低的枝头，白果累累，仿佛空气里都有拔节爆破的声响。你不得不被美丽强大的事物所吸引，莫名地喜欢、追随。

就像在地坛，一位书生，在满园弥漫的沉静光芒中，积攒着光阴的厚度，寂然独行而去。或者，还有一捻恍若隔世的缘。

于是，我在银杏小道上来回地慢走。静谧中，周围尽是自然的声响。时而有风拂过，时而一片杏叶飘零，或一颗白果身碎。

而那只可怜的脚，也不觉得那么沉重了。

住在湖边的第三天，梭罗在日记里写道：“我希望面对生活中的事实，面对面地观察关键的事实，也就是上帝希望展示给我们的现象或真实，于是我就到这里来了。生命！谁知道它是什么，它又是干什么的?”

也许，身体之外，没有禁锢的，永远是自由的思想与不屈的灵魂。

坐公交车

坐公交车，自在。

这样的自由，无须太多的质疑。后来的我，不仅接纳了一抹晨曦，接纳了江笼雾漫，接纳了行色匆匆，而且几乎成为我用全部的感性元素重建日常的呈现方式，也是我所需要的。

《小窗幽记》言：“烦恼场空，身住清凉世界；营求念绝，心归自在乾坤。”

换个姿态，反而自在。有些需要，并不十分需要。早起半个小时，时间就宽了，松了，而且，麻烦别人，真无必要。

朋友接送，包车，都比不上坐公交车来得自在、安宁，微妙有趣。

还有一点，我要告诉的：不到半个小时的车程，穿过两个红绿灯，一座桥，绕过那棵老樟，沿着一条江，靠近一条河。在我的眼里，如花团锦簇的夏花，总是很绚烂。

也有了些故事，在时间的河里静静地流淌，真实且清晰。

天色灰暗，快下雨的样子，我小跑着，到路口等公交车。此刻凉意揉入风里，站牌下，只有我一个人。我得感谢女人，她一早为我准备了大围巾。

我也不着急。路上人来车往，俗世里，每天都是这个样子，让我觉得自己不那么孤单、苍白。

我刷卡上车，坐在靠右的位置上，这样我可以透过窗户，看得更有兴致。早晨的田野、村庄、江水、远山、树木、电杆，萌动跳跃，仿佛都在与我一起奔跑，也或多或少会让我感受一些可以庆幸的东西。偶尔心思缥缈，沉醉。

车厢里暖了起来，没有看手机的我，也显得没那么孤单、苍白。

公交车慢悠悠地拐过街口，停下。有人要上车，嘴里吃着什么，手里还捏着个什么。

“车厢里不好吃东西的，”司机抢着说，很粗很横的口气，“要么吃好上来，要么放包里。”他又重重地加了一句，“车厢封闭的，难闻。”他顾自说着，又不停地往车厢后门看，“不要吃哦。”

大家就朝上车的人看，那人赶紧把东西往包里放，低着头，很尴尬的样子，乖乖坐后面去了，识相的。

无论是否是上班族，赶时间，总是匆匆，多睡一会儿也好。吃点早饭，哪里还敢往“营养早餐”那方面去想，在小区门口，街拐角处，随便打个包就好了，哪还管什么牛奶、面包、水果、蔬菜那所谓的营养搭配？

司机的出口腔不敢恭维，但公交车上，照顾一下大家的感受，也是一种温情。而且，车上有不少上学的孩子，你的识相，更是一种文明方式的传递。

这时候，老年机想了起来，“喂，喂，我到大桥边下车，等我一下”。声音穿行了整个车厢，“昨天夜里酒多了一口，早上起得迟了”。

粗犷有力的嗓门，从一个瘦小的中年男子口中响起，他戴着一顶老旧的旅游帽，坐在最后的一排位置，脚边是一个工具袋，看样子是做工的。出早工，没赶得上，那边工友催来了。

“不要紧的，习惯了。就欢喜点酒。”不少人看着他，他不好意思起来，像是和大家说明一下，很抱歉的样子。但大家并没有什么太多反应，除了嗓门大了点，一大早有点吓人，也没什么可以计较的。一大把年纪，早出晚归，做点临工，讨生活，不容易的。

至于那些个无碍大雅的，在公交车上，大家也是要习惯、理解和尊重的。

前排上来一个老态妇人，满头银发。一手卧着后座柄，一手捏两把伞，后背一个双肩书包，包体整个下沉。身侧坐着一个小男孩，双手摆在膝前，十分安静，规矩。她护着他，她和他配合默契。

“五点多就起床了，烧开水，早饭，家里几个等下好吃。”她和熟识的人聊着，满面红光，“没什么事，送送孙子读书，顺便买点菜回去。”

我让她坐。“就到的，谢谢你哦！”她朝着小孙子这边靠了靠，显得很满足。“大起来，就不要送了。”看得出，她劲头十足，也有一份闲心，可不是一个把自己忘得一干二净的人，她俨然找到了自己的生活——简朴自然的形式，保持一种波澜不惊的生活态。

“我孙女小，一定要我送的，前世啊，她娘亲老子在外面上班，”另一个大妈搭腔，“我腰不太好，早上起不来。等下下车，给她买点吃吃好了。你勤快的，气色噶好。”

聊着，一会儿就到了，送小孩上学的下车，买菜的、做工的下车，下几秒，我也要下车，车厢里一下空了许多，略显清淡，寡味，但我知道，它并不孤单。

我常常面对不同的人群，那些年轻的、年长的、年迈的，他们都成了我全部的视野。从他们的身上，我努力寻找着自己的所在。

就像挤地铁观察每一个人，公交车上，我观察着令我感到陌生的时间和人群，我从彼此，发现了我们之于生存与生命的另一种见证。

芸芸众生，行色匆匆。坐公交车，有一份闲心，使自己慢下来，静下来，恰如一棵孤独的树上，会结出思想的果实，足以丰富自己的内心体验。那么，当下的生活，也许，也是我心灵的旅途。

江南有雪

下雪子了，一粒粒的，脆声声在瓦上作响，多少有些轻狂。

是雪要来的节奏了，看着，等着，盼着它下得大些，落得紧些。天一暗，温度再低点，雪子就堆起来了，雪意就在了。

先是屋檐口，树梢上，车的前盖，薄薄的一层白。但已足够让人们奔走相告了，刷屏了。于是不似焦急地等待着，浅浅地念想着。这时候，时间是最考量耐心的。北方那种铺天盖地的雪的影像早已潜伏着，萦绕了。

人在江南，江南有雪，便不免心生欢喜。

有雪的冬天，有多美，有多趣，自无须多言。这一点，是不分年龄、男女的。一入冬，江南人对雪的挂念，如孩子过年的红包，多少总抱有期待的。

“要下雪了”，天一冷，人们就这么招呼，就稀罕起来。于是大人、小孩，神色念念，穿衣戴帽，迎着它去。

小区里踩踩也好，一下透心凉的脆，化了，真爽快。街上走走，迎着纷纷扬扬的雪子，沾着脸，用手接着，也痛快。广场，江边，稍高一点的木廊、枝叶上，都小堆了起来。这里很快聚集了人。不出门，对不起天恩。

小孩子们最快活了。堆雪人，各种创意与杰作迭出。他们十分乖巧地知道，爸爸妈妈会在微信群里晒他们的劳动成果呢。小手通红了，妈妈热水袋候着呢。道具不够，喊爸爸一声就好了。有的独自玩，有的邀小伙伴一起玩，都是那么的开心。

昨夜的雪，想必是下得肆无忌惮的，下得那么深，那么认真。校园里，保安早动手了，接着校长来了，班子都到了，党员来了，连家长也来帮忙。铁锹、木推、扫把，一起上。原本周日的静谧，来了那么一群人，在一起干。直路大道，教学楼前，通向食堂、宿舍的小径，都有他们的身影。他们出汗了，把围巾摘了，外套脱了，继续干。

心里有念想，有奔头，什么都是心甘情愿的。

江南的雪，浅浅的，有点意思，不那么让人惊慌。人们对天气预报的可信度增加了，各部门的应急联动有了。若是初冬，温度不甚低，下一整夜，也不打紧的。车流不断的公路，自然无须清理。单位、居家，各自扫门前雪就够了。山区里气温略低，要困难一些。

这一场雪中，教师，和其他行业的人一样，干着为人民服务的平凡的事。

外面天寒，屋里暖心。

回老家，与父母一起烤火，青菜龙须面煮着、萝卜肉骨头炖着，锅巴在灶上焖着，更实在。

待在屋里，一家人齐上阵，包饺子也挺好。

爱美闲着的女人们，在美容店里做着面膜，刷着微信，生活真好。

缩在被窝里，找个对的人谈心，暖床，那是享受。

裹在被窝里，用手机写课题方案，那是积极心理情绪的表现。

朋友在杭州西湖、孤山赏雪，江南雪景自是美不胜收，且听宋代周密云：雪霁寒轻，兴来载酒移吟艇。玉田千顷。桥外诗情迥。重到孤山，往事和愁醒。东风紧。水边疏影。谁念梅花冷。

江南的雪，说到底，暗恋不只是一个人的事儿。江南，有雪的冬天才完美。

第五卷　风的尘

风的尘上，两道时光弧线，一长一短，长的箍拢脚背，短的勾紧拇指。而时光的正确打开方式，就是要走在路上，和自然一起，释读与深察都是禅意。静在书中，与人事对话，沉浸与熏染皆为诗情。

分 水

“分水，取桐庐江水中分为名。”（《太平寰宇记》卷九五）

“家在桐水西，身作兰渚客。天昼无纤云，独坐空江碧。”（施肩吾《兰渚泊》）

我开始阅读这座小镇，她有个好听的名字——妙笔小镇。我阅读她错落有致的里街小巷、绕江而行的河岸绿道，还有这座小镇的衣食住行、寻常往事——这是小镇的履历表，是小镇永不褪色的鲜活历史。

1

洒水车准点从南门大道驶过，三轮车、电瓶车，偶听一阵加速，往东门大道上拐。时间是早晨七点二十分左右。

玉华小区里，传来中年妇女和小孩说话的声音，大抵是去买早点，或是上辅导班。

联华超市的周边，早已忙碌开来。杂货批发店、水果摊点、土特产门店、流动肉菜饼摊、毕浦包子铺、老妈煎饺店、都围上了些人。

这是妙笔小镇假日的早晨。

分阳公园，早聚集了晨练的人。老陆夫妇正在打太极拳，他们照例是五点起床，五点半集合，雷打不动。队伍的人数，从最初成校的几个老师，又到现在成群的人。

帅哥小姬教练的轮滑运动也开展得不错。十几个小孩，正绕着杆，像模像样地练着。

纯净湛蓝的天空下，有个年轻奶爸，带着姗姗学步的小屁孩，正放着风筝。

广场大妈，人倒不多。在音乐的带动下，有的炫着舞步，有的舞着彩扇。看来，大部队，是去菜市场了。华灯初上，这里才是她们的领地。

清风拂面而来，分外舒爽。奔五小猪，伫立分水江岸，十分欢喜。

一座城，无水滋润，则无灵气可言。

此刻，江面微波荡漾，水势颇宽。两桥飞架东西，一江秋水，稳稳当当，几百米的对岸，绿道，杨柳，行走的人，一切皆是生命的律动。

2

我不止一次地想，一方水土养育一方人。“武盛环山如卓笔，山居十九田居一”，妙笔小镇，正是因为有了天溪湖、分水江生生不息的滋养，九龙山、五云山风雨兼程的呵护，才成就了状元故里的人杰地灵、妙笔生花。

清奇而幽渺的天目溪，从北向南，蜿蜒而下，过分水江，阔开江面，至白沙村东头，与自西向东的前溪交汇后，水势加大，江面加阔，形成一个深潭，古称龙潭，后拐向罗布场，最后汇入富春江。

天目溪经乐平、印渚，绕南堡而下。1969 年“7·5 洪水”，南堡全村只剩一个灶头，半间屋架，一棵苦楝树，也铸就了“南堡精神”。2002 年印渚移民搬迁，水利枢纽上的“天溪湖”，又一番水光潋滟。而分水古镇，因其独特地势，未曾被水患所扰。

这里的人，山水滋养，接近官话的吴语方言，走到哪里，都让人觉得自然亲近，蛮“结棍”（厉害）的。施肩吾、徐凝、王缙、王三一……从这里走出去，古今留名，传为佳话。而这里，如今已是“中国最美宜居休闲小镇”“中国礼品笔之都”。

这里的人，崇尚闲暇从容的生活方式，以闲交友，以闲向善，平和中洋溢着幸福，配得上古镇丰厚的文化底蕴。

足球大侠方樟林、剃头师傅树勇、闲人二哥，玉华泉登山俱乐部，兰州拉面，八曲径舍、五云山、玉华影像……我笔下的小镇，以闲尚美，以闲悟性，滋养着一种从容自如的生活。

3

五云山，位于城东，山不高，势平秀，拔地而起，显得突兀伟岸。因唐代状元施肩吾而名声大噪。余韵亭，读书处，洗砚池，老四合院，五十三级台阶，老樟石栏，参天古木，多少学子曾深情回望。从老大门入，气派的牌楼上，“状元”高悬，左“贤致”，右“经民”，彰显着知识与文化的荣光；新大门，在闹腾的院士路上，“高考荣誉墙”上，满是鲜红的新时代徽章。

而我，在这里，度过了整个中学时代！

九龙山，镇东南，前溪南岸。这里有深邃的山坞和低回的小溪。循山道迂回曲折而上，绿树丛中掩映着一座古庙，别有洞天。“九龙寺”前一棵数抱大的古樟，历经数百年风雨沧桑，依然茁壮成长。相传农历七月二十三日夜，朝山进香者，坐满沿街店铺门前的石板，虔诚“守夜”，香火缠绕。

闲暇时间，登高望远，必徒步九龙，山风吹拂，心境悠然。

玉华山在城北，登临远眺，分水尽收眼底。“山自清奇水自幽，宋朝佳话亦春秋。野草闲花三月天，寻幽访古到山前。”玉华泉尤负盛名，其水色碧味甘，晶莹如玉，石板围护，有台阶可下。泉周古树参天，紫藤亭榭，莘莘学子，坐拥千年名泉“江南第一”，自有诗和远方。

很荣幸，我在这里教书。与嫩瓜徜徉其间山水，书写青葱岁月，已过十二载！

一座城，无山荫蔽，则无根基与灵感；有泉叮咚，自有年华润泽。

4

记忆中的河流，沿武盛古街，缓缓走过。岁月，在白墙黑瓦上，踩下斑驳的光影。晨光中，走在青石板上，如穿行于林间小道，阳光斑驳而岁月迷离。

城隍庙口，几声二胡曲儿，宛转了时间的刻刀。牌坊的年龄，需要仰望。

照相馆里的单家底片，连同三十年前的馄饨小店，早已模糊了青葱岁月。我们，已无法还原最初的日子。

新华书店，还惦记在文化路的老街边。那间迷你书报小屋，早已在记忆中模糊。

树荣理发，在小弄堂里，还可以听到平头小哥的闲聊，看到树勇侍弄的花花草草。

十字路口的百货店里，依然可以买到白底红边的“回力鞋”和三十九块的黑白足球训练鞋。

"二招"，即原县第二招待所，现为分水镇文体中心。所里古木参天，修竹小园，石碑石刻，为休闲小憩之佳处。其儒学记碑、戒石铭碑等碑刻六方，怀古而思幽。

片片记忆，如秋叶，缓缓落在这里。即便暂时离别，亦是他乡有梦。

5

清晨，一辆自行车，沿着武盛古街，自西向东，嘀铃声唱着民谣驶过，似山间清爽的风，掠过山际，直达分水江岸。大饼油条，豆浆包子，水饺馄饨，小镇又一天的日常，从晨曦中唤醒。

而我，拥江迎风，叩谢这一方山水。小镇，你从历史中走来，从不曾离开！

天目山

夏日避暑纳凉，海岛、海滩，玩水的地方备受青睐。密林飞瀑，浓荫蔽日处亦是选择。有着“大树王国”之称的临安天目山，大地之野，原始森林里的自然学校，就值得一去。

从分水出发，于潜上杭瑞高速，1 个多小时的车程。向明，已在藻溪出口等着了。西天目是他老家，由他陪同，连攻略都省了，行程也简约且自由。

我们在一家农庄前停了车。“先吃个中饭，休息一下。看看下午怎么安排。”农庄是 4 层楼房，可吃饭住宿。此刻门前已停着一辆大客车，还有三四辆小车。团队和自驾游的都有。

“中午就有 20 多桌，”老板是向明的学生，他向我们介绍，“假期里，几乎每天都这个样子的。何老师一说，我自己去抓了一只土鸡，慢慢炖，你们先喝杯茶吧。”

时间尚早。向明说：“我先带你们去禅源寺转转，山下的树也挺大的。”

开车几分钟，很快就到了购票处。向明是本地人，曾在天目初中待了 17 年，一口地道的本地话，自然就放行了。

我们在禅源寺外停了车，在周边走走。这里的大树已经让人惊叹。它们普遍高龄，几十年，几百年甚至上千年，它们都站在这里，周身的绿苔是层层叠叠的故事，古老而神秘。

走过沟涧，走进林间，我是很有感触的。我对于树的记忆，只有家乡的松柏、老槐、杨柳，它们是树中的寻常百姓。即使是学校里的“杉林叠翠”，就是柳杉，已经几十米高，脸盆般粗细，比之这里，真是小巫见大巫了。

向明告诉我们：“大树基本上集中在半山腰，‘大树王’就在那里，我们中饭后再上去。”

其实来天目山游玩，我还是有点顾虑的，主要是我的脚，一直不利索。医生建议少动，静养，多走不宜。我自然是选择坐车上去了。按导游图看，光是在半山腰那一圈走下来，要看“大树王”“五世同堂”，就得走 1 个多钟头。

顺着乡道一直开，沿着盘山公路一直走，沿途就可以看到结着果的山核桃树、整片的竹林、一块块玉米地，还可以看到许多山庄、农庄、农家民宿，就建在路边、山谷空地、竹林深处。天目山的民宿已经很有规模和知名度了。取的名字也很文艺，“翡冷翠 · 鸢尾”，听蝉居，澄境，竹轩苑，云别院，不一而足。

向明说：“20 年前，这里就搞民宿了，政府大力倡导支持，发展得很快。你看，一路都是。假期，主要是上海，江浙一带的人，来这里，一住就是几个星期，一个月的。他们就是来避暑，来这里过日子的。一户人家，几户人家一起，全家老少出动。”

从山上，绕到另一边山下，又绕上去，天目山哪里是一座山，它延绵不绝，简直是山的世界。一路上，同向明聊的很多。有这个向导，我们对天目山的了解更直接了。

天目山是名副其实的“大树王国”。这里古杉、古松、古银杏和其他原生古树比比皆是，树龄在千年以上的有 580 余株，500 年以上的有 820 余株，百年以上的不计其数。名木中有四绝景，银杏繁殖生息是世界之祖，柳杉群落广布全球罕见，金钱松之高为同树种之冠，天目铁木之仅有为“地球独生子”。

即将亲历亲见，长些见识，即使我的脚可怜兮兮，也是不虚此行的。

进入景区，仿佛进入鸟的天地，大树的世界。第一次听到了小小的知了叫声，声音竟然如此清亮，简直穿透了整个山林，好不新奇。

在天目山旅行，主要就是爬山、看树。每一棵树，都承载着一段历史。

游，就是要走在路上，和自然一起。置身古树群中，呼吸着天然氧吧的清新空气，寻找的心中的那份静谧，或许就是旅行的意义吧！

大树王景区面积 7.6 公顷，海拔 1000 米左右。景区内古树名木参天，奇花异草覆地，是天目山自然景观、人文古迹荟萃之地，为游客必到之地。

景区内有活化石“五世同堂”野银杏，世界罕见的大柳杉群落，冲天树金钱松，而且这里塔院默默，禅林悠悠，佛道遗址共存。

沿途可以看到许多大柳杉树。柳杉是常绿乔木，树形高大，树干粗壮通直，气势雄伟，为西天目山的四大特色树种之一，世界上规模最大的巨型柳杉群落分布于此。

走着，先来一组开开眼。

不少古树已经老去。完全光秃的，藤蔓覆盖了的，断壁残垣的……说不尽的沧桑，道不完的保护话题，心有戚戚然。向明不停地在说，十几年前来，还没有这么多的大树枯掉。

继续走着，几个景点都在主游线上，值得分享一下。

四面峰，北连玉龙岗，三面临深谷，峰突出众壑之间，居高临下，峭壁万丈，形胜险绝。极目远眺，山里人家，隐隐约约，坐落在风景如画里。

我就在平坦处合个影，崖边，是不敢靠近的。

开山老殿，始建于元朝，西天目佛教开山于晋永和间，彼时入山僧侣大多垒石为室，结茅为庐，属于草创阶段。唐末规模仍很小，到狮子正宗禅寺建成，天目佛事大盛，名僧辈出，僧侣盈千。清初禅源寺建成后，香火迁于山下，旧址则称开山老殿。

民国 24 年（1935 年）胡适手书：几分证据说几分话，做一天和尚撞一天钟。还看到 1985 年叶浅予手书的“开山老殿”的匾额，觉得很亲切。

开山老殿前有一个净手池。以净手，净口，象征洗却人间尘埃和烦恼，使游人能以干净身、平静心礼佛。净手池之水由寺内龙涎池引入，为天目山甘洌清泉，仅供净手、净口之用（不宜饮用）。游客不能将手直接伸进池子里洗濯，而要用水勺将水舀起略微转身，将勺倾斜让水淋在手上，落入池旁水槽流走。

旁边的“得宠树”和“失宠树”，也颇有故事。

“大树王”，早在宋代就被称为千秋树，胸径 2.75 米，8 人才能合抱。清代乾隆皇帝游此，曾用玉带围测，并封为大树王。此后，游客剥皮以做灵丹妙药，年久致枯。钱王选赋有《大树王》诗：龙鳞老树历千年，赐号王封众口传。皮屑尚能愈痼疾，何须蓬岛觅神仙。

民国时期，寺僧筑围墙保护，旁立有于右任题“大树王”石碑。1939 年 3 月，周恩来至此与黄绍竑等人合抱过此树。游客到此或摄影留念或赋词抒情，有“不看大树王，等于没到天目山”之说。这棵大树王虽已死但 70 余年仍傲立不倒，枯干上还寄生出一棵翠绿的新枝，可称中华一绝。

在大树王右下方的 141 号柳杉，枝繁叶茂，苍劲勃发，生长旺盛，雄姿英发，已被公认为天目山的新大树王。树高约 50 米，胸径2.31米，为天目山森林王国的后起之秀，尽显王者风范。

“五世同堂”野银杏，世界银杏之祖，已有12000年以上的树龄。周围萌发大小幼苗20余株，组成了“五世同堂”的大家庭，故名之。夏日炎炎，其滋长繁茂，叹为观止。

一线天，要往这里下去，得走200多级台阶，倾斜度高，两侧又是陡峭绝壁，对一个恐高、又有脚疾的人来说，有些吃力。不怕你笑话，下半段，我的腿几乎是软的、颤的。

走出天目山出口，汗衫全湿，脚也早已不听使唤，脚后跟疼得厉害。之前的后半段路，人是无意识牵引着走的。

等车，终于可以歇会儿。

这里商业味并不浓，除了矿泉水、冰饮、煮鸡蛋之类，就是一网袋装的小番薯，一包包的青笋干、茶叶等。看上去，生意也清淡。一边的女商贩倒是会聊。“没什么人来，回头客更少，今天才150来人，哪来的钱赚?”

我们一起上车的一共9人，途中也只遇见三四个游客，以及几个看山的当地人，看上去确实是惨淡。

这座被时间封印的山，1.5亿个春秋，古老的物种基因幸得遗存，反造出百公顷大树王国钟灵毓秀、荟萃天人合一的生命哲学，还是原始原生的自然味道，尽无几人识得，甚是遗憾。

千岛湖

夏日，水是这个世界上，唯一可以亲近和信奉的女神。

远山如黛，近水含烟，无论你于何处入千岛湖，湖水静谧如初，清澈如一。阳光下，波光粼粼；微雨中，涟漪点点。

1078 个岛屿，一池碧水，一抹青山，适合放松一切，安静地享受旅行中所带来的轻松与快乐。也许，这便是关于旅行最好的诠释。

千岛湖，其实离你很近。任何地方的起点，简单的攻略，就能靠近。她似一位女神，每一个夏，都在等你。

在千岛湖，其实很适宜住一家各方面设施相对不错且能看到湖景的酒店，比如开元、洲际、希尔顿，或者润和建国。

我这次选择的是千岛湖绿城度假酒店。1-6 号楼，很有整体感，外观气派、大气，内部宽敞洁净，真的很赞。最爱的是大厅挑高的设计，面湖，一走进酒店就有高大上的感觉。室外的泳池夜晚特别有感觉，超级适合度假。客房空间大，硬件好，特别是床品，干净、舒适、柔软，真是让在外面疯玩了一天的你，能睡得特别好。

酒店外的无边泳池，离湖很近，风景极佳。一边游泳，一边可以眺望湖面与远山，蔚蓝的闪着微光，非常有国外热带海岛的感觉。人少的时候随便一拍都好好看。泳池最佳拍摄时间是下午4–5点，不会太热，光线极佳。

酒店沿湖风景很好，都赏心悦目。还可以玩摩托艇、帆船等项目。清晨在湖边跑个步，然后吃个早餐，想着，生活也可以这么美好。

有人说“每个人心中都住着一位女神”，我信了。是的，每一年的假期，都会来千岛湖，哪怕住一夜，亦是遇见，感受与生长。

这些年，千岛湖边，我享受了它的静与宁，明白了时间会在弹指挥间悄无声息的流失，知道了在夕阳与晨光中感悟作息变化，更学会了与自家女人做一次长谈，关于日常、家庭与生命的话题……

在携程上订了单。

那么凑巧的一天，“欢迎来千岛湖欢乐水世界”，成胜在54干训群里发了一张旅游宣传海报。说实话，成胜很少在群里说话，除了2012年在杭州滨江，他筹备主持的第一次同学会。他事无巨细的安排，周全，真诚，掏心掏肺，赢得所有人的尊重与刮目相待。

“五四青年”，有太多的感动，仿佛就是个大家庭。无论在哪里，都有战友般的热情与活力。

我在群里一说行程，那边就热闹了。

事实也是如此，当千岛湖的兄弟已在安排的时候，成胜在群里说，包厢已定，并在群里发了定位。

成胜在欢乐水世界的门口等我。其时，在千岛湖疗休养的同学，以及这里的几个朋友，正好一大桌子。

二楼包厢，临湖，一眼的千岛湖秀水，一大桌子的美味，谈笑间，扎啤——千岛湖的水，尽情地喝。

席间，还上了2盘西瓜。成胜笑着说，这是刚从老家带过来的，他老爸（淳安原居民）种的第一批唯一的一个大西瓜，特意拿来了。真是特别待遇啊，特别的感动。成胜说，第二批有二三十个，可以随便吃。

他还说，爷儿俩昨天还包了菜包子，也一起带过来了。看上去不怎么的，但自家做的就是不一样，馅料足，味道还真不错呢，二十几个，一扫而光。

晚上没有出去宵夜，外甥女叫了肯德基外卖，20个鸡翅、1袋薯片、2罐可乐。对吃货来说，不是什么问题。

洗洗睡了，明早，去欢乐水世界嗨一下，期待哦。

自然醒，已是8点多，原本打算去游泳池里戏水，但太阳已老高了。微信联系了朱朱（成胜阿妹，欢乐水世界总经理），她已交代票务中心为我们准备了3套情侣票，并加了一些其他的项目，又说：“觉得好玩，多玩几次都行的。”后又亲自去拿了2个寄件手圈，感动！服务贴心，真给力！

这里已有好多人了。团队的、自驾的；年轻情侣、家庭亲子的，都寻着喜欢的玩开了。

左边是儿童欢乐场，这里人多，最热闹。有套着游泳圈游的，有水中游戏的，也有成人闯关的。

右边是豪华电瓶船，水上步行球，还有动感皮划艇，都是自主参与的项目，风险性小，小孩大人都可以玩。

中间进去，是最好玩的。

水上香蕉船冲浪、豪华快艇兜风、水上沙发漂移、摩托艇水上漂移等，甚至还有高难度的滑水冲浪体验与水上飞人体验等。

我们一上去就是玩摩托艇水上沙发漂移。下来才知道，这个项目最刺激，难怪昨晚朱朱说，这个好玩。整个手，因为抓得紧，完全麻了。发稿的当晚，左肱二头肌还酸胀着呢。

摩托艇一出去，激起的浪头就铺天盖地的过来，有种透不过气来的感觉。阿姐反应最厉害，一下来，脸都两样了。“差点气都闷过去了。”她说。后来摩托艇水上漂移都不敢玩了。

我还好听话，没戴眼镜，否则也惨了。

扑面而来的浪，就像消防水龙头似的冲过来，持续了几十秒后，才算暂时平稳了些，但那种刺激感完全出来了。（强烈建议最后一个项目玩，否则其他的没有味道了。）

接下来又是新奇有趣的考验，摩托艇疾驶，转弯，白色的浪花飞溅，湖水迅速往两边退去。4 个人的沙发漂移，旁边的 2 个，人就像要飞出去的样子，不得不全神贯注地抓紧了扶手。“抓紧了，抓紧了”，几个人互相提醒着，死命地抓紧了。

摩托艇终于歇火了，我的手早已不听使唤。我心里既觉得刺激又有点慌，体验感超强，但还是很享受这种感觉。

原以为摩托艇水上漂移会惊险刺激得多（也许大多数人会这么想），女人觉得玩下来，比水上沙发漂移要逊色得多，谁都可以尝试一下的。

我就免了，手还麻着呢，大家不妨试试这速度与激情。但自己驾驶是不允许的，得有专业人士驾驶才安全。

水上香蕉船冲浪，谁都可以，连几岁的小孩，只要坐在中间，一点事情也没有，反而会听到“快一点，快一点”的催促。那是吹吹风的享受，平稳，速度也不那么快，亦可纵览湖水风情。

电瓶船是自驾的，上有遮阳篷，阳光下也不怎么晒。缓缓地驶出，有泛舟的情调。碧水，蓝天，远山，一切尽在眼中。你的心头会自然想到一些诗句，譬如，“春来江水绿如蓝”，“水光潋滟晴方好”，“淡妆浓抹总相宜”。

微风习习，偶尔有些小浪，心里颇为宁静，仿佛整个时光都是静美的。视线又极好，远眺，维也纳酒店，一幢幢高楼矗立；众多小岛，在波光中静谧。

朱朱告诉我，早上 8 点，下午 4 点，2 个时间段来，都不会太晒。晚上 8 点，旁边还有“水之灵”表演呢！

如果你觉得喜欢，不妨组团或自驾游。美丽旅游，水上运动，激情一夏，千岛湖之恋，可倾城。

台山岛

1

9 个多小时的大巴，下午 3 点左右，终于抵达福建省宁德市福鼎小白鹭海滨度假村。

第一次这么久的车程，多少有些困顿。

其时，一大包的茶叶蛋，一大盆的鸡爪，两大箱的水果，山核桃、瓜子等各式零食，一应俱全。有女人，人间总是充满烟火色。

其间，经过了一些地，譬如新安江、仙居、温州、瑞安，想起了一些人，就觉得十分美好，也褪去了不少旅途疲惫。

2

我们一行 30 多人，分住在海岛边的民宿客栈里。四五层的楼房，底层与二层一间主人住，二层以上每层 2 个单间。

房间里的陈设简单，干净。2 张藤椅 1 张桌、2 张硬床、1 个柜，电视也只有 5 个频道，而且模糊不清的，索性关了不看。马桶水小无力，澡洗了一半还停水。

这些并不重要，能住就行了，海滨度假大抵如此。明天岛上住，也差不离，这点思想准备是要有的。

群里说，还有时间，可以去海滨浴场玩，就在不远处。大家都兴奋了，想一游为快。

3

从巷子里转出来，是一片空旷的场地，未开发的状态，停了些车。走过几个海鲜地摊，就是“小白鹭海滨浴场”了。

海水离岸老远了，看上去似乎还有些蓝。走近了，才发现它灰黄，浑浊不堪。脚底下是细泥，而不是沙子。

与曾经出游过的青岛、嵊泗列岛、南麂岛、温岭石塘还有泰国帕提亚相比，失望是不可避免的。

阳光有些强烈，下水的人仍然不少，近处玩沙的大人、小孩更多，有的还在看人挖贝壳、河蚌之类，自己也试着动手，终是没有经验，徒劳而已。

在海水里浸泡，游几个来回，都是咸咸的味道。偶尔飘过来一根长竹竿，可以趴着漂老远，脚底下深不可测也无妨。

在浪里游荡了几圈，就上来了。毕竟脚还疼着，假期肉又长了一圈，游起来，不透气。

阳光太毒，时间不长，大腿以下竟然黑了一圈，脖颈后也晒得疼了。

出游，最可尽兴的是晚餐。说的俗一点，坐 9 个多钟头，在祖国某个海滨，一群人，一起吃个晚餐，多少是个缘分。

与什么人一起，也是出游重要的考量。

这次同行的，都是朋友，一切自由随性。你觉得高兴，就喝点小酒；你矜持一些，就喝点雪碧或可乐。在用皮管冲了水的海鲜楼门口，在海滨，在天底下，多少显得凉快。

这顿饭，也成了第一天最开心的时光。

几个大哥哥喝得有些尽兴，自酿白酒，一两半杯，三四杯，外加一瓶啤酒。几个小姐姐意思意思，没有想象的那么放开，但氛围还是不错的。

旁边还有当地买了海鲜，自带烧烤家伙什的团队，也颇有味道。

饭后，在海滨浴场周边走一走，后各自安睡。明天，台山岛，期待蓝色海洋大片的画面美感，体验休闲散心慢生活。

4

最美台山岛，福建省境内距大陆最远、离太平洋最近的岛屿，离台湾人民似乎也很近了。

2 个多小时的轮渡，海水从浑浊不堪，到浅黄，再到浅蓝，后到深蓝，没有几个人能有幸领略到这些变化。开船 1 个小时左右，工作人员开始发放袋子。果然，船舱里开始忙碌起来，各种的不适，晕船景象……

蹲着的，捂着肚子的，脸色青白的，叫苦不迭的，一下船，一切都慢慢好起来了。

5

岛上住宿，果然如想象般陈旧，简单。没有电视机，没有镜子，甚至供电都是问题。一下午，大家只能待在饭店的阴凉处休闲。

既然来了，再热，也要去感受一下海岛风情的。大家往雨伞礁去，据说这里是台山守护神，岛上的标志性风景。

此处最为台山出名之地，日出晚霞，海上星空，露营帐篷，木搭潮房，潮起潮落，美不胜收。据说，伞头也是小型防空洞与瞭望台。

在礁石上坐着站着，听风看海，各种摆拍，有着“面朝大海，春暖花开”的心境，沐浴其中，甚好。

绕着海岛玉带环岛路看海景，能让人美到心里。一切，都是想象中的味道。

“一线天”是这里的标志性风景，就在雨伞礁南侧，是由2块不相连的礁石夹峙而成，从底部向上仰视，天空成了一条长长的线。

站在桥上，看着“一线天”狭小的岩壁下，有人在浪花里摸着海货，真见识了渔家本色。

往上走，你会发现许多战壕，岛上遍布防空洞，当年为了打战做准备，现在也都成为景点之一。

野山羊与黄牛，也是这里的原居岛民。

环岛游，一路可见牛粪。那些牛，则在远处高地上吃草，踱步，散着心。秋冬的季节，它们有可能成为游客的盘中餐。

曾经散养的山羊，如今大多已是无主之物。整个岛都属于它们，没有任何地方挡得住它们的脚步。

晚饭的时候，能看见它们在高高的岩壁尖上，悠闲地散步。早起，它们已在崖上溜达了。

6

蓝色海洋，美不可言。而这一夜，竟无眠。

晚饭后没多久，岛上停电了。据说，这里是柴油发电的，游客一多，空调全开，就歇火了。大热天，这是什么概念，你完全可以想象。

我们住的是一家渔家客栈，底层与两层，每间 3 张木板床；三层楼 4 个房间，每间住 4 人。男女自由搭配着住。

里间有独立卫生间，虽小，但水是充足的。外间装有 2 个电风扇与 1 架空调，当然，没有电，它们就不起作用了，一夜到天亮，它们都歇着。

热闹了。

我们两对夫妻住三楼一间，旁边几间都是小姐姐们。房间里是待不住的，她们先是挪条凳子出来，坐走廊上，脚搁在栏杆间，手里拿着手机刷频。时有微风拂过，会觉得舒服一些。

“蛮凉快的。”她们安慰着对方，也一并安慰着自己。

好在没什么蚊子。后来，她们索性把席子也铺在了走廊上，一会儿，整个走廊上塞满了女人和小孩。

夜色渐浓，唯有轻轻的晚风，与天上的星空，能抚慰这些近乎崩溃的内心。

暗夜里，山羊偶尔在崖壁上咪咪地叫着；不知名的虫子在近处吱吱作响；有个小孩子呛着，又喊妈妈了；后来，有个小姐姐呼噜呼噜起来。

不远处的码头边，涨潮退潮，不时地传来海浪拍打岩石的声响……没有来电的迹象，等待是无用的。这个时候，你会发现，除了安心、静心，你什么也做不了。

走廊里，女人有一句没一句地聊着，聊不完的话题，譬如每个月工资，带小孩，敷什么面膜……

一个男人在打呼噜，另一个辗转反侧，各种姿势地换，再去冲个澡，闭目养神……另一群男人，不知什么时候出去溜达了，又不知什么时候回来了。

一夜无眠。

7

挡不住的是海岛风情。那一抹海水日出，那蔚蓝的天空与海水，那迷人而浪漫的晨曦。

“起来了，看日出去。”凌晨4点多，有人就在楼下叫了。

女人也催了，她喜欢每天清晨跑步。

一群人，朝海岛的另一个方向，向着日出奔去……

站在船舷，台山岛已渐行渐远，心里竟有些不舍。有些记忆，终是不能忘却的。

天子地

山色青青，来自乡村的深处，像一条深色的丝带，拴住了乡村的暖色。

天子地。

旋转水车，青板石子路边水声稀哗。天子客栈，高处木房上一整排咸肉飘香。黄绿水潭，齐肩扶栏旁青春倩影莞然。

拾级而上。

随处可见，老去的虬枝横斜在长条的大石块上，顺着山坳涓涓而下的，多处汇成小水滩或小潭，虽有枯枝败叶散乱其中，但终是一泓清泉，别有一番山野的真实与纯粹。

抬眼处，一丛箬叶，青青的叶，细细的干，繁密或稀疏的枝节隐藏在亮翠的无名叶片下，透不过去。而辛劳的山民，总遍迹于山野，采摘搭工棚，编斗笠，包粽子，用箬叶包粽子，既清香又可口，别有风味。

道旁，有几处让人惊艳的大石桌、小石凳，青斑色的，在整齐的小石块地面上，显得古朴自然，若不是雨水淋湿，倒是很想坐坐。这些石块，每一块都是孤独而自由的，都在静默中等候，等候各自的知遇。几处石桥，均是用山木铺就的路面，搭手处，是新砌成的原木，在山色青灰中显得分外醒目，人在一旁留影，在树影婆娑映衬下，也颇有几分现代气息。

探身过去，身前，几片小花伸张枝丫将细碎的花蕊儿送到呼吸里，淡淡的，有让人回想的香。而紫藤萝，则大朵大朵地簇拥在细长的高枝上，似乎花期已过，低垂摇坠。

忍不住地，还有一根长竹片对接着的小水沟，细细地伸出来，撑起它的是一根枯树杈，那么担当的悬空横着，下面是零散的青苔藓类，任山泉叮咚。是哪位细腻多情的山民，在山野世外，给人如此的温馨浪漫？看一眼，掬一口，一切疲倦，烦忧都会被忘却。

一起来的徐姓家长告诉我，那高矮细疏，常在山边小溪旁舒展身姿的，是传说中的野荞麦，不知是真是假。

渐窄的石阶下，树冠伞形的青枫，姿态俊秀。瞧，这片近百亩的青枫，顺着山势，列队整齐，蔚为壮观的。

而今天的雨是沉默的，不缠绵，而且善解人意，断断续续，在大山深处，枝繁林密，山涧哗啦，在抬头炫目的天际间徘徊。

孩子们早已不在视线之中。连着喘气的抬步，衣衫透湿，把外套脱下，搭在手边，但我觉得并不费劲（源于平时的踢球、打球锻炼），继续招呼大家向上。

突然，下隔着几道山弯，传来惊呼声，“快来，有人晕了！”大家停下来，扶身，递水，掐人中。还好没有什么大碍，歇息一下，缓缓就好了。这倒也提醒着久居办公室的人们，平时确是需要多运动，多锻炼，增强体质哦。

“前面的洞都是我弄的。”

搭话的是个当地老人，精干，爽朗，花白胡须，年近六旬，戴黄色工程帽，穿解放鞋，嘴角噙一支烟，抬起的手臂摆弄着充电钻。他边走边饶有兴趣地向我们介绍，当然都与“天子地”“天子洞”有关，自豪之气溢于言表。安静的山林里仿佛有天真的孩子，暂且忘却了脚下的沉重与湿透的衣衫，心随抬头，仿佛在天空自由自在地徜徉。

上到顶是“天子洞”，脚步就短暂地凝固在这里，稍微歇一下，寒意已风干了衣衫了。

这里有阁楼与小屋，几个衣衫老旧的工人，在修缮，其中两个坐在新铺成的木制廊道长凳上抽烟，另外的一个在拌泥，一个在刷窗。慢条斯理的工人，对我们视而不见，像一群不理世事的闲散老爷。

十几个孩子正在这里，吃零食，喝点水，聊聊天，或是在等我吧，寒意渐起，但此刻多少平添了若干暖意。

突然，有人惊呼起来，原来是一只灰白的大鸽子在平地里踱步，啄食。哪家的，怎么会游荡到这深山密林处，许是这里才是它最好的栖息之所吧。又有人忍不住甩了东西过去，一受惊扰，它很不情愿地飞到屋顶上，独自逍遥快活去了。

走过五六百米的隧道（其实挺简易的，连石壁上的广告灯还没有什么内容呢），黑幽幽的，拍照的效果并不好。“天子洞”之名，缘于宋朝开国皇帝刘裕出生在此的传说故事。这里的喀斯特地貌，用“别有洞天”来形容是不为过的，“四柱擎天”“灵芝仙山”“海螺顶石”“仙人对弈”“八仙朝拜”“企鹅戏雪”“玉佛塔”“天子故居”，大自然用刻刀镌刻出的上百组钟乳石艺术品天然组合在一起，却为罕见，惟妙惟肖地，让人目不暇接。竖井式的溶洞，落差达百余米。孩子们很喜欢，这里照一张，那里拍一下，又合影的，想必是连瑶琳仙境都没有去过。这又让我不由自豪起来，不错，不虚此行啊。

出“天子洞”百来米，是个山间原木制的高台，近处，吐翠落芳的花草，吸引着女孩子们，忍不住跑上坡去，她们从来没有懈怠过年年岁岁的绿翠，我似乎已听到了一种尽量按捺着的欢乐的声音。放眼望去，远山在迷蒙与苍茫中，云翳间清风袅袅而上，道路延伸，青草芳香，百花白色，千树千姿，万物万岁。

张开双臂，我，闭上眼睛，听风滑过。

孩子们忍不住三两组合起来，摆弄各种姿势，兄弟们也在这难得意境旷远的山野高处合影。

终于开始下山了，没有人坐索道，走着。

道旁偶见亭台轩榭，为游人歇脚之用，倒也算体恤。而坐观其中，见竹林遍野，不知名的树木繁杂翠绿，令人心境旷达悠远。

半山腰间，听到泉水叮咚响，让人身心舒泰。走近，是个亭子，抬头，浓荫深处，一绺绺水线，丝丝缕缕，清秀纤丽，飘洒而下，妩媚动人。孩子们呢，已远在拐弯后的山道里，他们一定也曾在这里驻足聆听，享受山泉的清凉与美妙吧。我久久地注目，怀着认真虔诚的态度，轻轻地触动、撩拨着它们，忍不住用双手捧起，掬一口，清凉可人，它们让我的内心一时变得无比潮湿喜悦，暧昧幸福。

回到山脚，客栈、商铺游离其间，孩子们虽是自带干粮零食的，也付些碎银，再积蓄点能量。

已是十一点半，已来不及玩准备好的游戏，也许，结束是最好的选择。

带着春愁，像一个普通的孩子，在青翠欲流的春山游荡，我们是慵懒的。只有在慵懒中，我们才会有东坡式的耳得之成声、目得之成色，那是在自然中的领悟；我有我的领悟，而你，也有你的领悟。

而写作，不就是文字的行旅么。

七彩百合

1

新龙，似一杆新竹，纤细劲挺，从一个逼仄的角落，斜刺里冲出来，阔开一面江水，然后向着天空，纵横交错地舒展开自己最初的枝叶。

七彩百合，就那么静默着，又突然间，肆无忌惮的绽放在自家门口。

2

道旁铺开了摊位，茶棚、杂货，还有各种小玩意，热闹着。走过去，也有了生涩的，算不上老练的吆喝，多半是村民新起的行当。沿江绿道，其实还只是在村民散乱的堆积搬运与泥浆的倒拌中，多少还显得有些潦草。

其时，景点的气息已经彻底弥漫了整个村庄，让人不觉黯然神伤——那么多回，在老丈人家门口的田埂上，与妻闲情信步，拔水芹菜，摘黄瓜豆角，心里那温暖的感觉，像是寒冬围着炉火似的。一汪江水，悠悠远山，绿意荡漾的田野，算是在喧闹之外寻得一份娴静。

而此刻乡村的恬淡与闲适，终是走到了尽头。传说中夏娃的眼泪所变的百合，被西方誉为圣洁象征的百合，花中纯洁清新之意的百合，打破了乡村独有的宁静，三百亩地的七彩绽放，招蜂引蝶，俗世喧尘里，又多了些不由自主奔向自然的滚烫的心。

不无庆幸的是，自家门口，不出几步，便成了景区，相当于你每天都在风景中。老人，放下清闲，也下地，护苗，除草，挖地，整畦，弄点小钱。村里闲散的，又多了农家乐，客栈，或其他的活路。

3

田野不再寂静，风也不再寂寞。

因为年轻的嫩瓜来了，在几多煎熬中，在几许期待中，沐香而行，踏风而来。兴奋是不言而喻的——佳慧、诗翊、溢婷几个，在嫩瓜群里闹腾得很晚；小孟早五点四十六分，在电话那头弱弱地说，老师，要门票的么？

让百合再艳一些——虽近在咫尺，却让人相思似海。我喜欢在如此自然和自由中发挥生活的热情，在嫩瓜中充当起别致或重要的角色。

轻轻行走在一条富有弹性的土埂上，说实话，我早已忘记了“N”的贵气，鞋底板沾着土屑，不期然间，我又与百合的花枝嫩叶狭路相逢。上到田埂，妹子们便说笑起来，“师母要怪了吧”，原来是中裤染了不少色，也挺酷啊。

“静等花开”的广告站台上，是人们留影的绝佳去处，不大的台面，妹子小哥结伴相约，挤弄着，说笑着，摆各色造型，笑容瞬间洋溢在花间里。

不知什么时候，几个妹子牵手站在一起，带了干枯的百合花头串，站到花间，花开的声音，在风中涌动，幸福的感觉，瞬间在指尖传递，然后溢满全身，惹得众人齐赞“小美女”。连我也被逼到花丛中，落了个花花傻傻的造型。

那个落单的女孩，忍不住蹲下身子，凝视，纤细白皙的手指，轻轻触摸，用鼻闻闻，用耳倾听。七彩的小百合，艳艳地开着，肆无忌惮地开着，淡淡的黄，隐隐的红，摇曳的样子，娇羞的样子，惹人爱，讨人怜，淡然、羞涩、洁净，如待字闺中的少女。或许，她想试着摘下小小的一朵，别在发夹上，清香袅袅，有暗香盈袖。我蹲在远处，在单反里静静地等待，那如诗般的缠绵情愫。

走走停停，过道仍是原有的泥地，大拖拉机哒哒而过，溅起不少尘屑与淤积的泥水，不少妹子中招了。小才女张雨杰深受其害，不仅板鞋挂泥水，裤脚也未能幸免，她却笑了，简单地清理。

近处，七八个农人正结群割草，花草和泥土的清香在肺腑间游走，汗渍与空气也仿佛凝固在一起。见这么多妹子过来，田间劳作的农妇也停下手中的活儿，朝这边笑。又见相机拍过来，她们则羞答着，转过身去，弯起老腰干活去了。

远处，百合花看似寂静悄无声息却又强健地向外延伸，延伸……

“歇歇，不走了”，有妹子喊着，情绪一时就传染开去，不像逛街的女人，没完没了，从不喊累。那边，有几个根本就没跟上来，早停了步，歇在田埂边。

4

那么就回吧，穿行，路过菜园，转过农舍，绕到文化礼堂。

文化礼堂就在过老丈人家所在的街面上，外面装葺一新，有几整排的木头坐凳，阳光不大，正好在这里休整，两小哥随我去抬箱矿泉水。大家把自己带的拿出来，分享。喝喝水，吃吃零食。妹子带来的一只贵宾犬开始唱主角了，跳跳，叫叫，闹闹，一时成了大家的开心果。

走进礼堂，顿觉凉快，小舞台，大板凳，墙面挂画，宣传展板，新农村的文化氛围一下就感受到了。眼前展现出节庆日红火的打鼓队，喧闹的广场舞，以及各类文化演出场景来。

“小姑娘，这边有开水，给老师泡杯水哦！”熟识的管理员大伯热情地招呼着，齐刷刷地打开灯，这里一下亮堂起来了，马上成了嫩瓜诗词诵读、歌曲等各色表演的最佳场地。妹子小哥围坐起来，老妹周钰雯、蒋锦灿主持起来。

掏出小本本，或书，或手机，或摘抄，徐志摩的《再别康桥》，戴望舒的《雨巷》，海子的《面朝大海，春暖花开》，经典开始在小礼堂里回荡，美妙轻音在这里清凉传递。腼腆的小哥杨宇航好长好曲折的小故事，却是好记性啊，佳慧的冷笑话，笑然，陆帆两组合的三重唱，思媛的饮料罐打击摇滚，纯净质朴，还原出一片洁净无瑕的天地，制造出别样的浪漫情调。谁曾想，百合花海之外，这世界，发出如此清楚的纯响，让人愿意沉浸于此。

分明有感动砸向我的心，忍不住动情地朗诵微信收藏作品——“慈怀读书会”《静守一份安然，淡墨红尘》，“做一个幸福的人/读书　旅行　努力工作/关心身体和心情……静守一份安然，淡墨红尘/默然相爱，寂静喜欢/你若走，我不留/你若来，我还在……”或是倾诉我的真实，亦是传递一种朴素情怀。

“咦，怎么三点多了呢?”辛苦的垃圾袋小哥孟叶隆低低地说。“老师，谢谢!”妹子小哥围过来。就是这样，慢慢行走，细细寻觅，不经意间，点点的暖，点点的幸福已然溢满。

那么，积攒起你们的简单与快乐，青春与放飞，期待与你们分享。

临安寻味

邻家，往往毗邻而不多待见，似有“只缘身在此山中”的隐秘。

而一直记挂的西天目以及大山里的“云相见”，似乎又在等待“与君初相识，似是故人来”的不期而遇。

这里靠山，僻静，离城区也有些距离。

天空荫翳，微雨飘零。饭后，无甚去处，沿着小道走。正门右侧几十米远，见一石刻，上书“实事求是”，透出这里独有的气氛。

夜色渐浓，路灯微亮，一切掩映在寂静中。现实是，我将在这里安静地待上一周。

沉沉睡去，耳畔似有蛙声一片。

第一天的培训课程并不轻松，下午一直持续至五点四十分，好在伙食不错。

“每一个地方，都有自己的故事。空了，找个地坐坐。”我这么想着。

一个下着小雨的夜，出发，去寻觅小城的市井风貌和背后的故事。

印象中的临安，是一个深藏在杭州和安徽之间的低调小城。

司机小哥把我们放在了锦江路上，说这里是夜宵一条街。带着一种陌生感，在湿漉漉的大街上逛着，徘徊着，想找一家有口味、又有人气的门店。

夜色迷离，灯影婆娑。羊骨头煲店、烤肉馆、千岛湖鱼头店、夜火蛙馆……最后看见一家“口口香龙虾馆”，有客盈门，在四通的街口。沿街过道上也摆上了小桌，空阔透气，视线极佳。

微雨中，红灯笼，电瓶车，走动的人们，小龙虾，烧烤味，街上一片烟火色，江南小城的风味一览无遗。

“老板，两个人，就坐外面吧，空气好。”店主剃了个平头，年轻帅气又热情。“龙虾来几斤？店里搞活动，价格比别家便宜点。”他的眼睛里闪着生意的光亮。

我们点了三斤小龙虾（外送一斤），又要了一盘酱爆螺蛳，添了个水煮鱼片，慢慢吃。

等到小龙虾上桌，满满的两大盘，我傻眼了。我必须承认，这是我第一次面对，我们有义务空盘了它。

滴水的檐角，旧旧的木栏，香辣小龙虾，一炮扎啤……慢慢的时光，氤氲了日子，勾起了回忆，简单而悠然。

一个胸前挂着把吉他的女人走过来。好多年没见这样的驻唱歌手了。

“你哪里毕业的？”

“初中。”她答非所问，又有些尴尬地看着我。她的脸颊饱满，眼里充满了平静。

“怎么在这里唱歌？”

“为了生活，我安徽的。”她把着她的吉他说，“点一首吧，歌单上的都行。”

都是些大众的老歌，无所谓，我点了一首《漂洋过海来看你》。

“喝一杯吗？”我倒了杯扎啤给她，她点点头，喝了，开始唱。

拨动了弦，声音也出来了，尽管吉他还未及敏哥的水平，但没有跑调，在檐角滴答的雨声中，显得有些柔情。

“三十块一首，”她朝我们看，近乎直白地说，“要不要再点一首。”她好像看出来，客人喜欢的是一种氛围。

她唱的实在不值这个价，然而我说，“你自己挑一首吧，两首五十块。”她点点头。

我必须承认，她唱的是认真的，闭着眼，忘情的样子，仿佛在享受这样的时光，全然忘了生计与艰难。

“场景不错，给你拍个照，留个念可以吗？”多久没见这样的点唱了。

“我也来照一个。”里间传出老板娘的声音。她跑过来，靠在门边上，一副自信的样子，“她常来这里唱的。”

她穿着件黄色T恤，看上去挺年轻。我们在聊“镇远古镇”和“高山流水席”的时候，她凑过来搭话，普通话很正；笑起来，也显得很生动，丝毫看不出她是来自那边的女人。

突然觉得画面太美——而两个人的面孔里，又有多少说不尽的人生呢。

大隐隐于市。

小城的弄堂里，街角，又隐藏着怎样的风情。去吃一次，就知道了。

朋友约的“知味轩”，就在临安桂花路二十七号。老板是个叫程聪的小伙子，即使穿着一身厨师服，也衬出很棒的身材。

他自己掌勺，管厨房；老婆点菜、营销、管账。据朋友说，夫妻俩自主创业，怀有梦想。中午抽空还会去健身房，生活自律。

我们到达的时候，聪哥正在灶上忙碌着，她的女人拿着点菜单招呼客人。

小院子里，拾掇得颇有诗情画意。素墙青瓦，木廊灯笼，树草盎然，满目苍翠。桂花，石桌石凳，小水池……

老式木结构，后期设计中又将田园与现代感结合，从里到外，朴实自然的格调，看似小众，又清新脱俗。

女主说，一来喜静，人多未免嘈杂；二来，也为食客保留舒适幽静的环境。毕竟，环境对于吃饭来说，确实很重要。

看到花了心思、齐整排列的菜品，你就能理解“知味轩”为什么要提前预约了。

“知味轩”，不仅环境不错，更重要的是，所有的菜肴入汁入味。“小龙虾”，绝对的舌尖诱惑。清蒸、油焖、蒜泥、十三香……各种吃法任意选，全凭客人喜欢，还送外卖呢。

女主在微信里上图，拉仇恨，还说，龙虾极品清蒸有货。

她还透露：龙虾都是聪哥自己去湖北荆州鱼塘考察，并直接一手发货的品质龙虾，每天销量破两百斤。

鸭头、螺蛳、小鱼头，其他菜品的烧法也得讲究，这是一家饮食口碑的基点，也是突破与创新的基点。排档也好，饭庄、酒店也罢，皆是如此。而往往，经营者并不在意。

“知味轩”则让人印象深刻，不仅素净井然，菜品、味道也好，让人挑不出什么。

你来或是不来，“知味轩”都在用心的准备着。“要么不做；要做，努力做到最好。”这恰是“知味轩”的初心。

而小城的夜里，又有多少个这样的故事，在日常里，散发着迷人的芬芳……

人生何处不相逢。

据何向明说，他是半夜里打开手机，看到群里这么热闹，没想到是我到了他的地界。

“我老家就是西天目啊，暑假来，带你多玩几天。”送我上车，我的大学同学笑着对我说。他喝高了，多年未见，甚是尽兴。

我说：“好的，一定来。”

曾经沧海难为水，除却天目不是树，或是清晨的云海，又或是那一朵野花开，那一抹秋枫红，那一片银杏黄，它总会给你不一样的惊喜，让你喜欢这里。

令人欢喜的是，大学班主任彭老师从城西赶来了。大家在南宋小王朝的温柔乡里，小聚小酌，感觉非常不错。

那么，是否可以这样说：对某个地方的记挂，是因了人的。

培训仍在紧张的继续中，我的心反而更静了。一城一池之间，自然风物之外，与君初相识，似是故人来。

湖州碎念

说走就走的旅行，无非是心有碎碎念，或是人生的另一次转场。触摸与拥抱一座城市，记忆与情感的串联，是从一个人，一种熟悉的味道开始的。

1

最初知道这座城市，是因为一所大学，那时叫“湖州师专”。阿哥在这里，读的是政史，谈过一个朱姓女朋友。阿哥还从学校图书馆，借来屠格涅夫的《猎人日记》，这是我第一次接触到外国文学。

后来，听杭师大附中陈利民说，他老家，也在湖州。

2

到湖州，住的是东吴开元名都酒店，又称“双子塔酒店”，五十八层的湖州最高楼。好在雾锁太湖，隔着三十九层的窗，只要不探出头去，心里依然会踏实，不觉得慌。这里所谓的“踏实”，并非只是赢得尊重欢喜的敞亮，而是安排妥帖周全的内心感激。

接待我们的，是早先的学生。我曾在《和风春暖，一路守望》中提及其中的一位：“我那时读书差。但是现在，看谁好，要拿出来比一比了。”这位身材保持得极好的男生，即兴扭了段舞，赢得了大家的喝彩。看起来，尽管拥有多家快递公司网点，他还是相当低调，生活自律。

“现在好了，一定到我那儿看看。”我信他，有闲，真要走过，路过，停下来，他一定很客气。

这次有闲，就来了。

3

“老师，您来了，我们高兴。”今天的立有，变得健谈了许多，敢于讲自己的故事。好像在说，“老师，你我之隔，只有一顿饭的距离”。

“他现在一般都睡到下午，早上电话也不接的，”立有的漂亮媳妇说，“他噶种日子多少味道。”

“其实啊，是你好，你随他的。”师母一下子就喜欢上了这个小妹子，脾气性格好，开朗平和，交流起来轻松随意。

“老师，你来了，我们高兴呢。”正如立有所说的，那种亲切的感觉，自然而然。而我想说的是，那种客气，要加“非常”才能准确表达。

“明天带师母一起，去安吉，滑滑雪，泡泡温泉。”夜色婆娑，坐在太湖边浪漫雅致的“太湖映象”吃饭，小徐说道，“要是晴天，现在可以领略太湖迷人的夜景。”

不远处，就是湖州的地标建筑“太湖明珠”，人们俗称它“马桶盖”。

外面下着小雨，寒意料峭。屋内暖暖，席间轻松愉悦。

“这个是白虾吧，做醉虾，肉多，又嫩，料也调得鲜，好吃。”师母说。

“师母喜欢吃，再上一盘。”小徐笑着说，“太湖三白，都尝尝，蟹也不错。”

“等下吃完，我们可以去桥那边走走，马桶盖亮灯，好多颜色，看得更清晰。”

小徐一袭黑呢大衣，安静地坐着，或是去张罗一下。他是最早来湖州发展的，后来把小斌、立有也带过来了。他话不多，显得沉稳，事情安排得特别贴心。离开的路上，师母一直在我面前夸他，和他那个和顺温婉的媳妇。

三个年轻人在饭桌上的轻松自在，使我确信，他们已然跃出家乡的山冈，正努力放射出自己喷薄而出的光芒。

4

第二天去天荒坪，这是我第三次上去。但滑雪与泡温泉，还是首次。

天空荫翳，细雨微蒙，小徐的白色路虎拐进山下一农家乐，打算吃了午饭再走，我们都说不必了。早上起得迟，酒店的饭点已九点多，肚子饱且不说，上山的心情是兴奋与急切的。

山气在竹海间升腾弥漫，几分钟后，竹海就消失不见了，一切在云里雾里。一路蜿蜒曲折而上，一路可见残留的积雪，道旁、林间、树丛里。越往上，积雪越来越多，且越来越厚。就像昨夜这里刚下了一场大雪。路栏里外，竹林深处，人家屋顶上，雪白一片，真是来到了雪的世界。

再往上走，不少竹子已被压弯了腰，树枝上冰凌悬挂，不少游客驻足观赏。到停车场，售票处，整个笼罩在冰雪世界里。

山风刮起了，小雨也狂乱起来。一下车，清凉的雨滴浸润在空气里，就湿了外套。我赶紧竖起衣领，翻上帽子。小庆没穿羽绒衣只穿背心棉衣，还好戴了顶帽子。立有媳妇有点惨了，穿了没带有帽的衣服，只好用伞撑着。

还不算冷，大家走去滑雪场，一路慢行。女人还绕了远，她喜欢踏在雪地上“吱嘎吱嘎”的声响。路边立有“天荒”石，又“地老”碑，我们停下脚步，分站两侧，或搭肩携手，拍个照，留个影，权作纪念。

偌大的玫瑰谷里，云山雾罩，那些张供人小憩和相拥的长椅消失殆尽，冰封池水，雪漫桥阶，落地无痕，有种被尘封的静寂，全然没有了爱情的火热。

5

小徐去购票，又带我们去领滑雪装备，然后一个人在大厅里等我们。我猜想：他一定是静静地坐在那里，喝一杯咖啡，看静谧温柔的自然与运动喧嚣的雪场，心被安抚着，顺便写下一首诗。

站在木质高台上看下去，滑雪场早已聚集了很多人。滑行的，走着的，坐在地上喘气的，上缆车的，大人小孩，各种姿势。我们也跃跃欲试，四个人一起下到雪场去。

换上袜子，穿上木木厚重的滑冰鞋，走起来一步一挪，很不习惯，简直够呛。对一个菜鸟来说，不请个教练，根本无法上手。

“可以一带三，四个人最好请两个。”主动过来搭讪的是一个年轻人，穿着工作服。在这里，这样的教练有很多，钱好赚，也够功利。

“一个小时两百元。先教一下基本动作，上杆，滑，停，等下我再带一个去上面滑下来，不用怕的。”他鼓励着我们，帮我们踏上滑竿。看起来，专业性还是可以的。

第一次，总是小心翼翼的。走着都不那么容易，更不用说滑了。只能按照教练的指导，慢慢地尝试，一遍遍地摸索，一点点地进步。平时除了瑜伽，没什么运动的女人，胆子倒挺大，跟着教练到高处滑下来，跌倒几次也很正常，这种体验倒是蛮有趣的。

“站不起来了，快点拉一把。”女人一边傻傻地坐着，一边没心没肺地笑着。头发都散了，湿了，她也不在乎，很开心的样子。

因为顾及腰间盘，我滑得特别小心，也有一定的运动基础，并没有滑倒，出洋相。从高处从容自如地滑下来的时候，心里想，这一趟，还是蛮值得的。

6

往回走的时候，我选择了拾级而上，踏雪登高，带女人去看天荒坪水库。可惜的是能见度太低，只能看到近处几米的冰面，见不到水库如“天眼”般壮观的景象。

“江南天池”，就在这块石碑前留个影吧。

时间还早，我们去泡温泉。又是小徐去安排了。因为没带泳衣、泳裤，师母不想泡，不免有些遗憾。立有媳妇也不想，就陪着师母喝点咖啡，吃点东西，坐等我们。

室内室外，有各式的温泉池，泡料也各不相同。诸如，桂花泉、灵芝泉、首乌泉、牛奶泉……每一处，都立有介绍的木牌，上面写着用料、疗效、水温等，十至十五分钟，自可换一个泉泡泡。

泡在四十摄氏度至四十二摄氏度的温泉里，身子完全浸入，只让头部呼吸在清凉的雨滴里，冰火两重，看竹林树雾，甚是欢喜。若出了池泉，披上棉浴巾，小走几十步，也不觉得冷。

泡了几个泉，小徐还不忘倒一杯矿泉水来，补一补水分，这份细心，真是难得。

"亲亲鱼疗池"是这里唯一收费才可以体验的地方，但绝不会让你失望。池水三十三摄氏度，估计是小鱼儿舒服的温度。你把身子浸入，你的大腿、小腿、腋间、背脊，就会有无数的小鱼啄你，不停地啄你。一开始，你是绝对受不了这种撩拨，那种酥痒的。没几秒，你就会惊一下，动一下。这时，小鱼儿就倏尔远去，一会儿又围过来了。

慢慢地，你就满足于那种瘙痒式的按摩，沉浸于其中。小鱼儿就在你嘴边，触嘴可及的感觉，那小样，可爱极了。

"泡了温泉，肚子会饿一点的。"小徐开玩笑说。出口处，台阶底下一小卖部，那一碗热烫的牛肉粉丝、三块豆腐干和一个茶叶蛋，送入辘辘饥肠，印证了他的话。

7

到湖州，江南十大古镇——南浔古镇是必去的。从织里驱车半个小时左右，就到了。又是小徐来接送，作陪观游。

许是还在正月里或天气的缘故，来这里的游客并不多，而且好多店铺还没有开门迎客。

这正是我喜欢的古镇的样子。古镇一旦安静下来，它的味道也就出来了。

譬如，那家菜铺，老板娘围个裙，一两村民，拿一把青菜，挑几根春笋，或称斤把芹菜，买一块豆腐。几米远的地方，有个肉铺，老板在切肉骨头，有人在等。

活脱脱的日常，真好。

“浙茶，宁食，南杂，北货”，古墙上的这几个字，映衬了石板路上的一地鸡毛，充斥着各种烟火色。

白墙黑瓦、木栏道廊、红灯笼、河道、乌篷船、石桥、高柳……南浔亦有江南水乡特有的古镇风情。

走入深巷，湖州地方的人文气息颇受震撼。光是这大院的建筑，前中后院，十分的讲究，古朴与现代完美融合，体现出主人的非一般的身份与品味。驻足观赏，别有一份遐思迩想，心境亦悠然了。

中午赶回织里，巧珍在“金鼎一号”盛情款待，几个老乡又聚在一起了，聊得很开心。

看到这些学生在湖州打拼，常有帮衬，小有成就，家庭祥和，很是欣慰。

其实，你我之隔，师生之间，已经没有了一顿饭的距离。

八曲净舍

分水，坐落于浙北西部，毗邻千岛湖。天目溪蜿蜒而下，过分水江，阔开江面，至白沙潭、龙潭。有桥通途，小道择路，其间山岭幽深，盘曲而上，结庐人境，则曰“八曲净舍”。

登临其上，居高望远，顿觉心气空宇，山溪竹涧，似有风孽，欲罢不能。

小镇闲民，心系自然，常有居而择期行走。而或驱车赋闲，茶香风趣，皆为浮云遮望眼，图净心雅致而释怀。

蜿蜒刻余，豁然间，不过隙而。岭上草坪见方，右侧木屋为舍，小院内搭，曲折有致。风骚之人笑语，“有一心仪女子相伴，不枉费我狼狈”。众人皆应和。

左则院落布局，外见《八曲山赋》，为京城一郭姓书生题，本地原近居民，系一高人，其意随性自在，颇有诗才。偶过而心生小栖，遂喷洒而出，但趣高意远耳。院墙石刻《八曲山赞》，山名史话，享誉幽远；文章古意，灼灼其华。

抬眼“八曲净舍”木匾，拾八级而上，内景豁然。假山池沼，水榭树花，木坊檐瓦，非自然而真切。绕廊而入，石凳，石狮，石碑，非古而不为之。内里，吧台，小剧场，长桌，靠椅；旁里，木凳，木窗，青黛桌布，套饰闲适而质本。此或清心凝神，品茶养气；或诗词歌赋，怀古怡情。

立春二日午，携友见尊。残雪瓦上，水滴檐角，高枝湛空。友初识，甚喜，谓之意趣旷远。

又见女主，沉静温婉，微名“知秋”，非俗而生雅意。人言观其越剧清唱，举手投足间，温而婉，趋而暖。若有幸聆之，则清音幽远，而后悦。

观其厨间，条块清爽，菜蔬酒肆，各居其类。院后柴肆堆砌，水槽榭间，杂然而清理。

女主引之，或外置茶绿，尽享竹树光影；或雅间闲话，静待岁寒古意。

沿“三生石”而上，两独幢民宿，依山势草木而临之，内饰古朴又现代，亲子可居。一条小径，平直而行，又曲幽而上，可指山顶。春华秋实，山野尽阅。

若有闲，缘至八曲，在这触手可及的地方，一块净地，一叶竹，一袭风，无数神奇。居之，行之，必旷而神怡。

后　记

这两年，一切的喧嚣与寂静都在这里，仿佛年华注定要在这里停留。

2017 年 10 月 30 日，我写了第一篇散文《父亲》。

此刻，我顺着在《简书》往下找，《父亲》兜底在线。阅读量 1290，点赞 53，评论 21，赞赏 22，并且被《首页投稿》《生活家》《散文随笔》等 43 个报刊收录与转载，文字有如此魅力，令人不可思议。

曾有孤独陶醉的碎片，链接着文字与情绪。而这一天，正好唤醒了一个丢失了的灵魂。《父亲》与我的意义，大抵如此。

诸多的感动，来自于我的朋友，以及那些微友，因了质朴的叙事，字里行间透出些许温暖，感动，或是激励，不约而同地点赞。这种强烈的认同，得失之间，凭的是真心与真情。

感动，也因了《散文》《首页投稿》《文心声》《原创文字集》等的收录与转载，那些素昧平生的简友，在文末的温情碎语，一次次地给人温暖。

终于到了这一天，一切都在改变。我甚至可以把它当作自己的时刻，拾掇起时光。那是一种把自己埋在土里、重新生根发芽的出发，也是中年人的积淀与突围。

人到中年，不负年轻，躁不动了，但可以单纯吗？中年人的单纯？

而自己，本来靠说话挣钱，现在又可以用文字说话，这让我开心快乐。至少，另一个我，活过来了。渐渐地，如炉火慢炖般，把“新浪博客”里那些几乎无人问津的文字，找一个新的出口。透出气来，长在泥土里，鲜活地立起来，恢复其生的姿态。

我最初的时光——童年，少年，中学时代，又一次清晰起来。《五云山》《一九九三》，恍惚间，从记忆里一一走出来。多少，也勾起了“70后”的诸多思绪与年代感。

我最亲的人，《阿哥》，读之泣之，改之潸然。“忘却”，或是“重生”，唯文字，在生死之间，链接了人心。

我的行旅，《千岛湖》《天目山》《台山岛》，每走一步，都留下了深深浅浅的印记。那些同行的人，那些故事，一一泛起。

我的老家，《勾魂小吃》《分水》，你熟悉这里的一切，你愿意讲述这里的往生与当下的故事。

“坚持”有多难，与这个喧嚣纷扰的世界和解，又有多难。“闹中取静”，是的，这反而考验了我，验证有些仅仅可以称之为“喜欢”，什么才是真正的热爱。

有时候，觉得题材碎细，文字平静，浅吟低唱，生怕辜负了。即使人们厌倦了，不再点赞，或者赞赏，我还得写。有触动，马上写；没有灵感，也不急。闷头看书，闲着看球，也看人。

陆春祥老师说，多读书，坚持写，我想是的。坚持写，坚持自己。那些质朴日常、有趣有魂、来自时光的情书，属于我，也属于热爱生活的每一个。

在此，特别鸣谢鲁迅文学奖得主、浙江省作协副主席、浙江省散文家协会会长陆春祥先生为本书作序，并倾力推荐。杭州金马文具林海先生在出版上给予鼎力支持，还有杭州龙源文化滕玲建先生、毕浦中学美术教师杨期勇等朋友。在此，一并表示感谢。

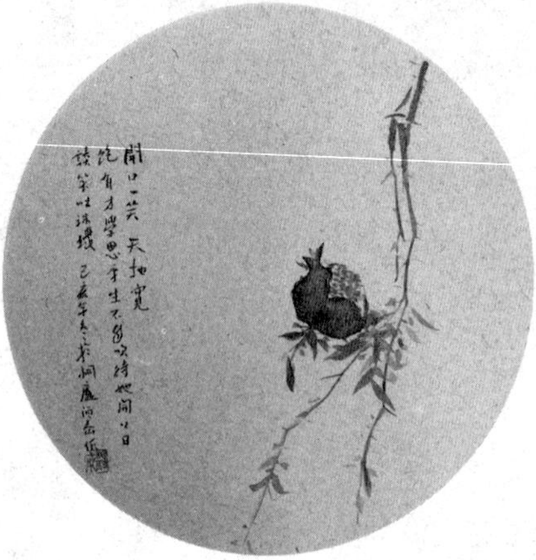